문학과지성 시인선 467

마흔두 개의 초록

초록

마종기 시집

문학과지성사

문학과지성사에서 펴낸 마종기의 시집

안 보이는 사랑의 나라(1980)
모여서 사는 것이 어디 갈대들뿐이랴(1986)
그 나라 하늘빛(1991, 개정판 1994)
이슬의 눈(1997)
마종기 시전집(1999)
새들의 꿈에서는 나무 냄새가 난다(2002)
보이는 것을 바라는 것은 희망이 아니므로(시선집, 2004)
우리는 서로 부르고 있는 것일까(2006)
하늘의 맨살(2010)
천사의 탄식(2020)

문학과지성 시인선 467
마흔두 개의 초록

초판 1쇄 발행 2015년 5월 26일
초판 8쇄 발행 2022년 7월 1일

지 은 이 마종기
펴 낸 이 이광호
펴 낸 곳 ㈜문학과지성사
등록번호 제1993-000098호
주   소 04034 서울 마포구 잔다리로7길 18(서교동 377-20)
전   화 02)338-7224
팩   스 02)323-4180(편집) 02)338-7221(영업)
전자우편 moonji@moonji.com
홈페이지 www.moonji.com

ⓒ 마종기, 2015. Printed in Seoul, Korea

ISBN 978-89-320-2754-8

이 도서의 국립중앙도서관 출판예정도서목록(CIP)은 서지정보유통지원시스템 홈페이지
(http://seoji.nl.go.kr)와 국가자료공동목록시스템(http://www.nl.go.kr/kolisnet)에서
이용하실 수 있습니다. (CIP제어번호: CIP2015013252)

문학과지성 시인선 467

마흔두 개의 초록

마종기

2015

시인의 말

이 시집은 몇 해 전에 출간한 『하늘의 맨살』 이후
여러 곳에 발표했던 시들을 모은 것이다.
만 5년이란 햇수가 좀 긴 터울이긴 하지만 그래도
게으름에 끌려 다니지 않고 살았다는 안도감이 앞선다.
그간에도 내 시를 지켜보아주고 읽어준 당신에게 감사한다.

2015년 5월
마종기

마흔두 개의 초록

차례

시인의 말

1부

1부

봄날의 심장

어느 해였지?
갑자기 여러 개의 봄이 한꺼번에 찾아와
정신 나간 나무들 어쩔 줄 몰라 기절하고
평생 숨겨온 비밀까지 모조리 털어내어
개나리, 진달래, 벚꽃, 목련과 라일락,
서둘러 피어나는 소리에 동네가 들썩이고
지나가던 바람까지 돌아보며 웃던 날.
그런 계절에는 죽고 사는 소식조차
한 송이 지는 꽃같이 가볍고 어리석구나.

그래도 오너라, 속상하게 지나간 날들아,
어리석고 투명한 저녁이 비에 젖는다.
이런 날에는 서로 따뜻하게 비벼대야 한다.
그래야 우리의 눈이 떠지고 피가 다시 돈다.
제발 꽃이 잠든 저녁처럼 침착하여라.
우리의 생은 어차피 변형된 기적의 연속들,
어느 해였지?
준비 없이 떠나는 숨 가쁜 봄날처럼.

마흔두 개의 초록

초여름 오전 호남선 열차를 타고
창밖으로 마흔두 개의 초록을 만난다.
둥근 초록, 단단한 초록, 퍼져 있는 초록 사이,
얼굴 작은 초록, 초록 아닌 것 같은 초록,
머리 헹구는 초록과 껴안는 초록이 두루 엉겨
왁자한 햇살의 장터가 축제로 이어지고
젊은 초록은 늙은 초록을 부축하며 나온다.
그리운 내 강산에서 온 힘을 모아 통정하는
햇살 아래 모든 몸이 전혀 부끄럽지 않다.
물 마시고도 다스려지지 않는 목마름까지
초록으로 색을 보인다. 흥청거리는 더위.

열차가 어느 역에서 잠시 머무는 사이
바깥이 궁금한 양파가 흙을 헤치고 나와
갈색 머리를 반 이상 지상에 올려놓고
다디단 초록의 색깔을 취하도록 마시고 있다.
정신 나간 양파는 제가 꽃인 줄 아는 모양이지.
이번 주일을 골라 친척이 될 수밖에 없었던

마흔두 개의 사연이 시끄러운 합창이 된다.
무겁기만 한 내 혼도 잠시 내려놓는다.
한참 부풀어오른 땅이 눈이 부셔 옷을 벗는다.
정읍까지는 몇 정거장이나 더 남은 것일까.

저녁 올레길

여기서부터는 내가 좀 앞서서 갈게.
오래 걸어서인지 다리가 아파오지만
기어이 떠나려는 노을을 꼭 만나려면
무리를 해서라도 빨리 가야겠어.
모두들 내 시간은 얼마 안 남았다니까.

함께 걸어주어 고마웠어.
덕분에 힘들이지 않고 정신없이 걸었지.
가끔은 어디 어느 방향인지도 잊은 채
당신과 길이 있어서 걸었던 건지. 오래전
남의 길이 되겠다고 한 나를 용서해줘.
누가 감히 사람의 인도자가 되겠다니!

꽃을 흔드는 미풍이 내 주름살까지 펴주네.
내 옆의 저 장미는 피는 이유를 알 만도 한데
길 건너 저 풀은 왜 흔들리는지
그래, 나는 부끄럽게도 모르는 게 너무 많아.
신의 은총이거나 자연의 거대한 힘, 그중에서

오직 하나만이 진리라는 것도 나는 모르겠어.

나비가 길목에서 기다린다고 했니?
나는 왜 나비와의 약속을 기억 못하지?
부드러운 네 표정도 한꺼번에 다가오는데
저녁 그림자 어느새 내 올레길을 덮는다.

경학원 자리 2

반세기 만에 찾아온 명륜동 성균관 근처
사서오경 건너뛰다 돌아온 경학원 자리,
사변 중에는 동장이 총살당한 자리였고
나는 배가 고파 쌀을 훔치러 갔던 자리,
한여름 시체더미 피해 아카시아 꽃 따 먹고
방공호 진흙 긁어 삼키며 허기를 달래던 자리.
그 경학원 자리, 우울증이 쉬어가는 자리,
때 묻고 늙은 비둘기 몇 마리 나를 맞아주고
주인 없는 그늘이 혼자 놀다 돌아간 자리.

너무 오래된 유학의 곰팡이 냄새 속에
어린 시절이 메말라 눈물 없이 울고 있다.
성균관 뜰 조악한 돌조각의 용 두 마리,
이 시대에는 용을 돌보는 이도 다 떠나고
어떻게 사는 것이 바른 길이고
어떻게 죽는 것이 용의 죽음인지.
추운 청춘을 혼자서 견뎌낸
경학원의 그림자만 많이 늙어 있다.

더 이상 숨길 수 없는 이 나이에는
두 손이 만지는 하늘이 따뜻하고
두 팔로 안는 이웃이 살뜰하다는 것,
그보다 반가운 소식이 어디 있으랴.
우리들 사이로 옛 시간이 지나가고
녹슨 경학원 자리에는 등나무 꽃 가게,
연보랏빛 꽃송이가 눈물겹게 여리다.
사람도 제각각의 냄새가 있다던데
너를 세워 내 속에 깊이 집어넣고
오래된 연보랏빛으로 나를 채운다.

이슬의 하루

이제는 알겠지,
내가 이슬을 따라온 사연.
있는 듯 다시 보면 없고
없는 줄 알고 지나치면
반짝이는 구슬이 되어 웃고 있네.

없는 듯 숨어서 사는
누구도 갈 수 없는 곳의
거대한 마지막 비밀.
내 젊은 날의 모습도
이슬 안에 보이고
내가 흘린 먼 길의 눈물까지
이슬이 아직 품어 안고 있네.

산 자에게는 실체가 확연치 않은
이슬, 해가 떠오르면
몸을 숨겨 행선지를 알리지 않는,
내 눈보다 머리보다 정확한

이슬의 육체, 그 숨결을 찾아
산 넘고 물 건너 헤매다 보니
어두운 남의 나라에 와서
나는 이렇게 허술하게 살고 있구나.
이슬의 존재를 믿기까지
탕진한 시간과 장소들이
내 주위를 서성이며 웃고 있구나.

이제는 알겠지, 그래도
이슬을 찾아 나선 내 사연,
구걸하며 살아온 사연.
이슬의 하루는
허덕이던 내 평생이다.
이슬이 보일 때부터 시작해
이슬이 보일 때까지 살았다.

서 있는 종이

한밤에 잠자다 어둠 속에서 불현듯
화려한 시 몇 줄이 나를 흔들어 깨워
불도 켜지 않은 채 침상 종이에 썼던 글.
아침에 잠 깨어 밤새운 종이를 보니
설친 글자 하나 보이지 않는 백지였네.
죽어버린 볼펜이 억울해 눈여겨보아도
희미한 분홍색만 흩어진 자국으로 보인다.

그래, 이렇게 연한 색을 어디서 본 적이 있지.
그게 살아온 길을 뒤돌아보던 때였나,
열심히 보면 피가 조금 밴 부끄러움의 색,
내가 더 살기로 한 곳에서 맴돌고 있던 색,
비굴한 계절이 말 걸어오면 주춤거리며
나도 모르게 중얼대다가 남아 있던 색.
그 색깔 번져 있는 온몸 투신의 시 한 줄,
어딘지도 모르고 입술 터진 길을 헤맨다.

빈 종이를 더 이상 두려워하지 않겠다.

머리에도 가슴에도 쓰고 남은 자리에도
무심히 지나간 이에게도 말해주어야겠다.
아무리 눌러 써도 이해되지 않는 종이에
숨어서 밤새워 응시하며 서 있는 종이에
얄팍한 의심 겨우 지탱해주는 녹슨 시 한 줄.

헤밍웨이를 꿈꾸며

그랬지. 나는 늘 떠나고 싶었다. 가난도 무질서도 싫었고 무리지어 고함치는 획일성도 싫었다. 떠나고 또 떠나다 보니 여기에 서 있다. 낡고 빈 바닷가, 잡음의 파도 소리를 보내고 산티아고 노인을 기다리고 싶다. 남은 생명을 한 판에 다 걸고 집채만 한 고기를 잡았던 헤밍웨이의 어부를 만나고 싶다. 그 쿠바 나라 노인은 나를 기다리며 감추어둔 회심의 미소를 그때 보여줄 것이다. 해변에 눕는다. 해변이 천천히 그림자를 옮기면서 나를 치며 가라고 할 때까지 계획 없이 떠다니던 내 생을 후회하지 않겠다. 내가 무리를 떠나온 것은 비열해서가 아니었다고 말할 수 있다. 그래, 아직도 말할 수 있다. 노을이 키웨스트 해변에 피를 흘리고 흘려 모든 바다가 다시 무서워질 때까지, 그리고 그 바다의 자식들이 몰려나와 신나는 한 판 춤을 즐길 때까지.

마흔두 개의 섬을 연결한 마흔두 개의 다리를 건너며 차를 달려 네 시간 만에 도착한 섬. 어느 다리

는 길이가 30리 정도까지 되어 가늘게 흔들리며 망
망 바다에 떠 있어 어지러웠지만, 헤밍웨이는 야자
수밖에 없는 그 마지막 섬에 프랑스 미녀를 데려와
넷째 부인으로 살림을 차리고 말술을 마셨다. 그 중
간에는 사람 열 배 크기의 상어를 잡고 거대 다랑어
를 잡고 아프리카에 가서는 사자와 표범과 코뿔소를
피투성이로 죽이고 종국에는 그 총으로 더 늙기 전
에 미리 죽어버린 남자. 그가 쓴 통 크고 시야 넓은
은유의 글을 읽다가 나도 통 큰 시를 꿈꾸며 모든 의
심과 열등감을 밟고 방을 뛰쳐나온다. 갈 곳은 없지
만 눈을 크게 뜨고 아직은 갈기 사나운 수사자를 꿈
꾸며, 가슴을 펴고 바다같이 넓은 시를 꿈꾸며, 다시
한 번 키웨스트의 헤밍웨이를 꿈꾸며.

희망에 대하여

　오래전 희망에 대해 말해준 분이 있었다. 지금은 돌아가신 그 귀인의 희망은 어디쯤에 숨어 살고 있을까. 그 후 언제부터인지 나도 내 희망을 찾아서 세상을 헤매 다녔다. 전에는 널려 있는 듯 자주 보이던 희망이 요즘에는 잘 보이지 않는다. 희망은 그렇게 흔한 것이 아니었던가. 그 싱싱한 냄새의 생명은 혹시나 계절이나 나이와 관계가 있을까. 이제야 조금은 후회되면서 지나가버린 희망이 그리워진다.

　함께 붙잡고 울 수 있는 것도 행복이란 것을 아는 이, 남의 깊은 속까지 다 믿고 있는 이가 희망의 신호다. 당당히 걸어서 사람의 마음속까지 들어갈 수 있는 것이 바로 희망이다. 내가 처음 품었던 희망과 지금의 희망은 많이 달라졌다. 희망은 구름같이 변하는 것인가. 벌판같이 나른한 것인가. 희망이 등을 다독이며 속삭였다. 희망은 땅도 아니고 사람이다. 산천초목도 아니고 사람과 사람 사이의 고른 섞임이다.

내가 세상과 작별할 때에도 나는 희망을 가지고 있을 것이다. 그 희망은 아마 날개가 되어줄 것이다. 내가 가진 작은 희망들 때문에 나는 누구라도 용서할 힘이 생겼다. 내 손을 보라, 허영이 치유되는 침묵의 소리. 손해 보고 상처 받았다고 괴로워하던 남루한 내 생을 안아주면서 당당하게 가벼워지라고 희망은 오늘도 내게 말해준다.

어머니의 세상

1

낮잠 드신 어머니의 침상 옆에 앉으니
많이 늙으셨어도 아직 고운 모습이신데
몽롱하게 잠에서 깨어 나를 올려다보시더니
오래전 돌아가신 아버지를 보셨는지
여보오, 참 오랜만이네요, 하신다.
어디 감추어두셨던 부끄러운 목소리,
내 얼굴 조심해 만지시며 여보오, 여기까지……
희미한 미소가 마른 목을 메이게 한다.
어머니는 어디를 헤매며 사시는 것인지,
제발 그 길만은 평탄하고 아름답기를.

2

결국 하나씩 놓는 것이군요, 어머니.
멋도 예술도 인연도 하나씩 놓으시고

후회 없이 날아가실 준비를 하시는 건지,
빈 손과 빈 뼈를 털며 가벼워지시는군요.
간편하게 일어나실 준비도 끝나셨는지
맑은 날의 푸른 허공만 만지시네요.
이승의 모든 벚꽃이 꽃잎을 날립니다.
당신이 남기신 시야가 내 앞길이 됩니다.
외로운 밤 다 땅에 내리시고, 어머니
오랜 기다림 끝내시고 일어나세요.

유적지의 비

너무 넓어서 무섭게 조용한 들판에 들어서니
소아시아 지방의 아득한 유적지에 도착했다.
그 시절의 유행어로 짖어대는 헐벗은 개 한 마리,
때 묻은 눈에는 행선지의 지명이 지워져 있다.
갑자기 어디서 도착한 빗소리가 들판을 뒤집고
수천 년 늙은 돌들은 소란스런 진동이 귀찮다고
선잠 속에서 오래된 하품만 계속 토해놓는다.
죽은 돌이 어찌 한순간에 깨어날 수 있으랴만
이 땅은 수명도 긴지 은신의 몸을 털기 시작하고
지표 아래에서 웅성거리던 젊은 고고학자들은
어느새 요술 부리듯 작업장 밖으로 숨어버린다.

분명하게 나이를 구분하던 재판관이 떠나자
흩어져 누운 다른 돌들도 눈치 보며 눈을 뜬다.
일어나면서 중얼거리는 나른한 부족의 방언,
혼자 있기 힘들었다고, 많이 보고 싶었다고
서로를 다독이는 모습이 비안개에 젖는다.
돌아보면 빛나고 슬프고 아련한 것만 펼쳐 있고

앞을 보면 부질없는 방랑자의 발걸음이
어둑한 저녁이 되어도 찾아갈 곳이 없다.

관광객은 아직도 짜릿한 승리만 보고 싶은 것인지,
아니면 패배와 죽음의 소식만 듣고 싶은 것인지.
비에 파인 땅은 반나절도 되기 전에 잠잠해지고
나이 들어 마모된 돌들 다시 쉽게 잠에 빠진다.
인류의 문명은 결국 비의 속도가 결정한다.
진혼을 위해 사람도 집도 뜰도 호흡도 멈추고
비 그친 소아시아 보름달이 몸을 떨며 오른다.

신석기 시대 화가

1

터키의 동쪽, 아나톨리아 지방이 그루지아나 아르
메니아와 국경을 이루기 전, 실크로드의 종점이 된
다는 흙먼지의 카이세리 마을에도 못 미친 곳에서
키 작은 신석기 시대의 화가를 만났다.

평균 수명이 호랑이와 비슷하던 시절, 다섯 살에
토끼를 잡아먹고 열 살부터 혼자 살기 시작한 어린
화가는, 시키면 곡물을 재배하는 일꾼이었고 사냥몰
이꾼이었고 집짐승 지킴이였다.

그래도 어디서 생겨난 것일까, 힘센 자들의 차지
였던 여자들은 나이 열다섯이 되어도 쳐다보지도 부
러워하지도 않고 그림만 자꾸 그리고 싶었던 욕심은
어디서 나타난 병증이었을까.

화가를 만나기 전까지 나는 신석기고 구석기고 그

런 구분에 대해 아는 바가 별로 없었다. 먹고 살기에
바빴다기보다 너무 먼 곳을 보기에는 내 키가 너무
작았고 시력도 좋지 않았다.

2

무서운 상상력은 붉다.
사람보다 큰 붉은 새의 고함,
부채 같은 날개를 펄럭이며
사람의 머리만 쪼아 먹는다.
머리가 없어진 사람이 거꾸로
지구의 끝, 낭떠러지로 진다.
앙카라 박물관에 옆으로 선 돌,
완성된 동굴 벽화가 섬세하다.
아무도 거들떠보지 않던 그림이
5천 5백 년을 씩씩하게 살았다.
그림을 완성한 마을의 청년은

흔하게 벌어지던 일, 짐승에게 물려
찢기고 해진 손가락 붓을 펴보며
5천 5백 년 전에 웃으며 죽었다.
유해는 누가 동네 밖에 내다 버렸다.
사람들이 서로 부를 이름도 없던 시절,
말도 없고 글도 없던 역사 이전에
화가 하나가 환하게 빛나며 죽었다.

3

나도 중년이 되기까지 내 주위에는
가까이 기댈 이 아무도 없는 줄 알았다.
진하고 끈끈한 붉은색과 검은색만으로
표적 없는 공포를 소리 죽여 이겨내고
매일을 짓이겨 그리다 마비된 손가락.
많은 유골 뒤에는 농경의 시대가 오고
가보지 못한 황무지에서 바람을 달래는

늙은 짐승의 울부짖음과 외마디 새 울음.
친구가 존재할 수 없는 땅의 어린 화가는
자유로운 상상만이 유산인 것을 배운다.
억압을 거부한 한 사내의 잔해를 줍는다.
떠돌던 마지막에 몰아쉬던 숨소리들,
그 오래된 열망과 진심을 조심히 줍는다.

손의 흔적

조국이란 게 산도 들도 아니고
손 시린 사람들이란 것을
나는 너무 늦은 나이에 알게 되었어.
가지도 오지도 못하고 주춤거리며
부여잡고 살았던 흔적이 모두 핏자국이네.

그 핏자국의 겨울 추위가 몇 겹으로
굽히지 않았던 내 옛집을 얼려버려도
가난한 주문들은 결국 이루어질 거야.
눈물과 서러운 사연을 다 날려 보내고
네 손을 잡는 순간에 살아날 거야.

그거야, 오늘 우리에게 필요한 것은.
지상에서는 꽃의 나머지가 피어나고
온기를 기다리는 저녁이나 밤중,
언젠가 헤어져 남남이 되기 전
내가 다가가 손을 잡을게.
작고 부드러운 손이 기다리고 있다.

그래 맞아, 이거였어. 따뜻한,
내가 아직 이 나라를 그리는 이유.

신라의 발음

　서기 719년, 신라의 왕자 김교각이 늠름한 청년일
때 중국의 구화산 산속에 들어가 일심으로 75년간
불도를 닦고 99세에 입적했다. 생전에 지장보살을
닮아 그 화신으로 불리고, 앉아서 입적한 때문에 천
삼백 년 동안 앉은 자세로 미라가 되어 금박으로 온
몸을 덮고 유리장 안에서 사는 모습을 보고 산을 내
려오는데, 느린 바람이 나를 치면서 무슨 생각을 그
렇게 하느냐며 웃는다. 천 년 넘은 가부좌상의 아픈
표정이요! 중국 바람은 나보다 게으르고 귀가 많이
도 멀었다.

　대나무 울창한 산을 내려오며 댓잎 사이에 사는
작은 바람을 보며 왕자는 혹 고향을 그리워했을까
의심해본다. 건너편 산 능선으로는 잘생긴 부처가
누워서 긴 잠에 들었고 옴마니반메홈을 낮은 음성으
로 외우고 있는 황갈색 가사의 중국 스님들. 멀리 보
이는 양쯔강 쪽으로는 흐릿하게 가는 비가 내리고
있다. 성불해서 중국의 등신불로 앉은 김교각은 죽

는 날까지 정말 그립지 않았을까. 넓고 긴 양쯔강은 아무리 그래도 저 밑에서 하루 종일 울면서 흐른다.

찢긴 구름이 침묵에 젖어 지상에 떨어지고 있다. 결국 신라의 왕자는 아무도 그리워하지 않았다. 나 같이 인연에 목매어 헤매지 않았다. 종이 한 장의 무게가 될 때까지 그는 바람에게 몸을 통째로 다 맡겼다. 그간에 비가 흩어지고 푸른 하늘만 남아 부드럽게 금박의 미라를 자주 품어 안아주었다. 무모한 미혹이여, 신음하는 우리들의 초췌함이여. 문득 신라에서 가지고 온 은근한 차의 향기가 진하고 편한 신라의 발음을 녹이고 누군가는 산중에서 긴 잠을 깬다.

더블린의 며칠 1
―아침 풍경

새벽마다 잡초의 촌길을 걸어온
이슬이 촘촘히 묻은 도시,
사람들은 풀잎의 그림자에서 잠자다
아침이 확실하게 도착해서야
숙취의 느린 인사를 건넨다.
빈 거리마다 아직도 가득 찬
맥주 냄새와 노래 냄새를 끄려는
북해 쪽에서 온 신선한 소금 내.

어쩌다 이렇게 멀리 와서야
당신의 진정을 만나는 것인지요.
내가 한 번도 눈여겨보지 못한
하루의 첫 얼굴을 만나게 되는지요.

외국어를 하며 잠옷 바람으로
아침의 한 행사로 비가 내린다.
마시던 커피잔을 천천히 내려놓으면
사라진 골목을 확인도 하기 전에

주춤거리던 내가 백발노인이 되고
눈앞이 흐리기만 한 이 나라에서
천천히 오던 비가 안개로 변한다.

더블린의 며칠 2

—시인 예이츠의 주변

1

내가 태어난 뒤 겨우 열흘 만에
그것도 다시 인연 없는 외국에서
오래 기다렸다는 듯 당신이 죽었군.
연극 「연옥」을 공연하고 곧 연옥에 간
당신을 뒤따른 어색하고 긴 여행.

점성술을 믿고 유령을 따라가던
어디서 본 듯한 저 나무의 열매들,
더블린 국립도서관 전시회에서
공중을 맴도는 신들린 씨앗들을 잡아
굶주린 두 귀에 가득 담는다.
(누군가 옆에서 중얼거린다.
좋아하는 시를 읽으니까
그래도 내 눈에 꽃이 다시 보여.)

2

목소리가 반짝인다.
당신은 모든 생애가 호수라지만
반짝이는 여인도 한 생애이다.
그러나 저 표적, 반짝이는 이명,
나도 반짝이는 별에서 살고 싶다.

간단한 구조의 더블린 식 집에서
50대가 되어서야 20대 여자와 결혼한
아들 하나, 딸 하나, 그리고
애태우며 흩어지는 꿈이 한 묶음.
수십 번 청혼한 여인은 장교와 결혼하고
그 여인의 딸에게까지 청혼했던
낡은 사랑들은 널린 물풀이 되고
한 줄기 강은 몇 개의 바다로 나아간다.

3

흐린 하늘과 물의 경계는 보이지 않는다.
왼쪽 가슴에 손을 얹고 눕는다.
북해의 바람은 그리운 더블린까지 오지만
좁은 교차로는 오늘도 비에 젖고
오가는 이 없어 신호등이 할 일을 잊었다.
비가 그치지 않아 꽃은 자라지 못하고
비릿한 꽃향기만 사방에 흘리고 있다.
식물성의 나라가 마침내 내게 왔다.

백조의 호수

1930년대에는 꿈의 발레리나였던 어머니가
발레리나를 꿈꾸다 어린 나이에 시집간
착한 누이동생의 간호와 도움으로 사시던 겨울,
치매의 늪에서 자주 「백조의 호수」를 보셨다.

　환상의 여린 청춘이 달콤하고 가슴 아리지만
　하프와 현악기들이 춤추는 이인무, 파드되의 무대
에서
　두 손 천천히 내리면서 고개 숙여 인사하는
　한 발 물러나 서 있는 우아한 네바 강의 표정.

　동생은 수십 년 잊지 못하고 토슈즈를 간직한 채
　비단 신발 그 둥근 나무 끝 위에 발가락으로 서서
　추워하며 떨며 모진 계절을 살아온 맨몸인데
　팔을 나부끼며 걷는 작고 빠른 걸음들이 모인 날,
　그 빠른 걸음들이 페테르부르크 시를 가로질러
　고풍스런 마린스키 극장 안으로 들어간다.
　비록 어머니가 좋아한 안나 파블로바가 아니고

스베트라나 스머노바와 알렉세이 페트로프지만
세르게이예프의 안무는 한 세기가 지나도 빛나고
있다.

스물네 명의 백조가 춤추는 천상의 화음들
화사한 무대에서 가난하게 산 가슴이 가쁜 숨을
쉰다.
꿈이 될 수밖에 없는 어머니의 목소리가 들린다.
문밖에서는 어릴 때부터 들었던 에샤페와 쿠페의
구령,
일본 발음의 프랑스어였을까, 아직도 에샤페, 쿠페.

좀 늦었어.
그래, 확실히 좀 늦었네.
무대를 바로 보지 못한 어리고 순진한 내 동생,
움직이는 환상, 무용만이 인생의 전부인 줄 알았지.
척박한 50년대에도 서울에 백조의 호수가 살았다.
휘둘러 찾지 않아도 그래, 이젠 많이 늦었어.

남자들은 일찍들 떠나고 어머니와 동생의 파드되.
몸이 활처럼 휘어진 채 무대의 높은 곳에서 떤다.

스물네 마리의 무리들은 어느새 호수를 떠나고
상처 심한 빈사의 여윈 몸 하나 호수로 향하고
있다.
나라의 사면이 흐린 물빛에 젖어 있다.
오래된 무용이 선택한 여행은 어디에서 끝날까.
핏물 번진 늙은 토슈즈 하나 가슴에 안고
두 팔 접고 말없이 떠난 저기 백조 한 마리.

날개

며칠 밤 중환자를 돌보다 탈진해 쓰러진
착한 간호사를 병실 환자들은
날개 없는 천사라고 불렀다.
날개 없는 천사가 어디 있나.
날개가 우리 눈에 보이지 않을 뿐이지.
그렇게 훈련된 천사는 여기를 떠나는 날
얼마나 우아하게 날개 치며 날아갈까.
날개가 보이지 않는다고 혹은 없다고
한 번도 펼쳐보지 않은 우리들은
날개를 어떻게 펴는지 몰라
떨면서 하직을 무서워만 할까.

2

한때 인간이었던 천사는 커다란 날개를 단 후부터

이승과 저승을 부지런히 오가며 좋은 예감을 전하고
태양에 가까이 가려던 이카루스는 호기심의 죄로
양초의 날개가 녹아 신화 속에서 추락사했다지만
우리는 날개를 접고 대신 팔과 손으로 산다는 것인지,
간호사같이 남을 안아주고 위로하라는 손과 팔인지.
추운 날 새들은 날기를 멈추고 떨고 있는 자기 얼굴을
접은 날개 속에 깊이 파묻고 움직이지 않는다.
인간이 날개를 펼치면 체온이 떨어져 죽었다고 했지.
천사가 되어 저세상으로 날아갔다고들 했지.

3

그래 맞아, 시인이 되고 싶었던 이유가 있었어.
한동안 그 초심을 잊고 살아왔구나.

안 보이는 것을 볼 수 있다고 해서였어.
맞아, 느끼는 것을 볼 수 있다고 했어.
그래서 현자가 된다고 했어.
눈으로 생각도 하고 심장으로 보기도 한다고,
날렵한 세상을 천천히 한눈팔고 걸으면서
탈 없이 욕심 없는 모습으로 산다고 했어.

우리는 자주 착각 속에서 살지.
많이 알고 있어서 똑똑한 줄 알지.
사실 알아야 할 것은 하나뿐이야.
우리는 날개를 가지고 있다는 것,
그게 눈에는 보이지 않는다는 것.
안 보이는 것은 없는 것일까.
그리고 어느 날 편하게 날개를 펴는 것,
그게 가장 중요하다는 걸 잊고 사는 이가 많아.

2부

이슬의 애인

아침마다 이슬은 나를 허물어
질투를 선물한다.

그런 날들이 들에 쌓여
시든 삶을 사는 마을,
모든 빛나고 아름다운 것들은
현란한 속임수가 되어
사방에서 반짝였다.

이른 아침의 작은 꽃은, 결국
잠들어 있던 이슬이었지만
그래도 꽃향기는 몰려와
눈부신 하루를 만들고
시간의 폐허에서 나를 구해주었다.

간밤에는 누가 애절한 한을 남겼나,
이슬이 풀잎마다 가득하다.
그 여리고 가는 마음을 사랑하느니

야속하게 다시 배신당할지라도
나는 한세상의 헐벗은 애인,
하루의 짧은 동행만으로도
온몸을 적시던 이슬의 춤.

잡담 길들이기 11

오래 알아온 선배, 은퇴한 피부과 의사는 나이 팔십이 된 기념으로 남성 호르몬 주사를 맞았는데 며칠 지나지 않아 젊은 여자를 보면 가슴이 설레고 나뭇잎이 다시 진한 색으로 보이고 꽃이 정확하고 아름답게 보이기 시작한다고 흥분하신다. 주사 일주일 후부터는 매일 아침 겨드랑이에 호르몬 스프레이를 뿌리고 날개 말리는 새들같이 두 팔을 벌린 채 한 시간씩 지낸다는데 이제는 새벽녘에 아랫도리가 느껴지고 지나가는 아무 여자의 손이라도 잡고 싶어진단다.

그러면 정말 반짝이는 시라도 한 편 쓰고 싶어질까. 여자는커녕 달도 새도 잘 보이지 않고 허리 통증만 심해지는 요즘, 손에 잡히는 일도 하고 싶은 일도 없이 날을 보내고 있는 내가 수상하다. 가끔은 무작정 억울하다는 신음이 이명처럼 들리기도 한다. 들꽃보다는 그 옆에 하릴없이 서 있는 풀잎에 측은한 정이 가고 정을 받아야 산다는 옛날 말까지 새삼 가

슴에 온다. 나이 들면 내일을 장담할 수 없다지만 끝
까지 당당하고 싶은 몸마저 자주 입담에 흔들린다.

보슬비가 젖은 몸으로
호수를 만나는 소리,
그 피부의 가는 무늬,
수면에 남아 있는 말들이 하나씩
눈부신 아침으로 눈뜨고
넘치게 내게 오던 때가 있었지.
끝까지 세상의 소문만 들으면서
두 팔을 벌린 채 날아다니던
날렵하고 가벼운 시절도 있었지.
아무리 이 시대가 속절없이 떠나도
숨가쁜 아픔 느끼지 않고는
사랑할 수 없다는 그 말만은 믿으리.

잡담 길들이기 13

영국의 리버풀 폴리텍의 과학자 그룹은 사람이 직립으로 서서 걷기 시작한 것이 당시의 땅이 너무 뜨거워서였다고 발표했다. 거의 오백만 년 전부터 숲에서 평지로 나온 원시인이 네발을 사용하는 것보다 두 발로 서는 것이 지열이나 태양열을 삼분의 일 정도만 받아도 되고 열사병을 피하고 마시는 물을 절반 이상 절약할 수 있었다고 한다. 그래서 자연히 지열로부터 뇌를 보호해 오관과 사고의 발달에도 도움이 되었고 짐승들의 공격에 망을 보거나 싸우거나 사냥을 하기 위해서도 직립이 더 유리하다는 것도 알게 되었겠지만……

얼마 전 나는 짐승같이 두 손과 두 무릎으로 엎드려서 오천 년 전에 세워졌다는 이집트의 거대한 피라미드의 밑바닥으로 뚫린 좁은 외길 통로로 계속 기어들어갔다. 한참을 가도 돌과 흙의 좁은 통로는 끝이 없었고 어둡게 숨 막히는 기분으로 오천 년 동안 변색된 공간을 숨 쉬며 기침을 해대다, 오래전 죽

어버린 공기의 시취를 냄새 맡으면서 메스꺼운 경험
을 하다가, 사람은 일어서고 싶다고 아무 데서나 일
어설 수 없다는 것을 알았다. 수천 년의 역사가 흔들
어 깨워도 일어설 수 없는 무거운 때와 장소가 있다
는 것을 배웠다.

　향기로운 직립이여,
　하늘까지 가득 찬 시야여,
　솔잎 밟고 가는 오솔길이거나
　갈대와 키 재기 하는 늪지대거나
　달빛 밟고 가는 가을 그림자까지
　고마운 당신을 찾아가는 길에
　절망처럼 기어서 혹은 엎드려서
　우리의 생을 감출 수는 없다.
　당당히 서서 꽃을 만드는 저 나무,
　꽃들도 기어이 일어서서
　여린 봉우리를 연다.
　바쁜 들숨날숨만으로

54

그날의 당신을 만난다.

잡담 길들이기 14

　폭탄을 온몸에 감고 붐비는 시장 안에 들어가 자신을 폭파시켜 멀쩡한 사람을 하나라도 더 많이 죽이려던 그 여자의 눈 속 횃불은 언제부터 켜졌던 것일까, 사람을 죽이기 위해 결코 떨지 않는, 단호한 결단의 땀방울은 믿고 있는 종교의 힘이었을까. 청춘의 우듬지에서 가슴까지 잘 부푼, 살결 부드러운 저 여성 자살 테러범은 폭탄이 터지는 순간에 혹시 자신이 아까워 울지 않았을까. 살인의 부끄러움에 혹시 눈시울 붉히지는 않았을까.

　초등학교에서는 이름을 배우고 중학교에서는 질량 불변의 법칙, 예과 때는 정량과 열역학을 배우고 유학 시절에는 만나고 헤어질 때 생기는 가공할 파괴와 융합과 분열의 힘을 배웠지만 이제 보니 모든 고체와 액체는 그 결말이 기체가 된다는 것을 알게 되었네. 보이지 않는 것이 언젠가 보이게 된다는 우리의 큰 길을 알게 되었네. 그 다음에는 언제나 정의의 과학이 충실하게 따라오겠지만……

산비탈의 4월도 다 지나가는 날,
응달의 때 묻은 눈까지 늙어가는데
양구를 지나 철원, 철의 삼각지에서
50년대의 전쟁에서 죽은 수많은 사람들,
피범벅 되어 쌓여서 썩은 시체들 사이로
울긋불긋 진달래가 피어나고 있었다.
착했던 사촌 형은 아직도 빈 산을 헤매고
그 형의 피곤한 몸내를 내가 숨 쉬면
그 숨이 얼어서 오랜만에 구름이 되었다.
저격능선 위, 구름의 형이 미소하고 있었다.

잡담 길들이기 17

1956년 봄철, 몇 해 피난살이에서 환도해온 고등학교 3학년 시절에 서울 덕수궁 정문 앞에 이상한 모습의 늙은이들 수십 명이 한데 몰려 있었다. 동양 사람이긴 한데 피부가 우중충하게 너무 검고, 힘없이 추레한 모습에 싸구려 색깔 진한 남방셔츠들을 입고 있었다. 어깨는 축 처져서 고릴라 모양으로 긴 팔을 늘어뜨린 채 눈치 보듯 나를 흘끗 보던 그 눈은 겁먹은 눈이었던지, 혹 나를 부러워하는 눈이었던지.

이상한 이들의 정체를 도저히 가늠할 수 없어 근처를 서성대던 직원에게 물었더니 단체입장을 기다리는 하와이 교포들이라고 했다. 오래전 살길을 찾아 미국에 이민 간 1세, 2세들이 돈을 좀 모아 전쟁고아를 돕겠다고 귀국을 했고 그 틈에 몽매에 그리던 고국 구경을 하는 것이라고. 뭐라고? 정신 나간 듯한 저들, 몰락한 내시 같은 저들이 미국 사는 교포들이라고? 정말? 그 놀라움이 내게서 장장 60년을 살았네.

어디서 오셨수?

       ……………

여기 사는 사람은 아닌 것 같은데……

       ……………

많이 피곤해 보이슈. 나이도 들어 보이시는데……

       ……………

북엇국은 뜨거울 때 훌훌 떠먹어야지요. 어서

       ……………

아니 혹시, 거기, 우시는 거 아니유?

       ……………

고속도로변 노을

왼쪽에서 한동안 크고 넓은 노을이 타고 있었어.
달리는 차에 가득 담기는 진한 핏빛의 무게,
그 노을이 가는 소리를 내며 내 몸을 감았어.
온몸의 마디가 더워지는 어지럽고 난처한 힘.
늦가을 나목의 긴 손들은 여기저기서 천천히
연기와 냄새만의 힘없는 낙엽을 어루만지며
멀리 떠나간 이나 잊혀진 이름을 찾고 있었어.

그러니까 나는 북쪽을 향해 달리고 있었던 거야.
그날의 노을이 왼쪽에서 다시 나를 붙잡으면
평생 가보지 못했던 길이라도 급히 방향 돌리고
길들여지지 않은 몸만 들고 따라오라 말해야겠네.
나를 이끌고 가던 방향은 더 이상 상관이 없다.
녹슨 고속도로는 고개 숙인 채 차들을 외면하고
멀리 보이는 낯선 건물들은 차게 식어간다.

우주는 한 개뿐이라고 믿었던 시대가 있었다.
한 사람이 다른 사람을 자신보다 더 아끼는

그런 시대가 있었다. 이제는 피곤한 뼛속에
다 숨어서 살 뿐, 아무도 찾지 않는 저녁의 집.
삶의 별명이 아픔이란 것을 몰랐던 탓일까,
고속도로의 복잡한 매듭이 느슨히 풀어진다.
남은 저녁이 노을의 끝을 잡고 달리고 있다.

경건한 물새의 저녁

그렇게밖에 말할 수 없다.
어머니는 곱게 사그라지셨다.
몇 해 전부터 자주 몸을 털어내셨다.

증인이 될 수 있다고 흰 물새가 나선다.
주위를 한번 돌아보시고 가는 다리 꺾고
힘없이 미소 몇 개 남기고 눈을 감으셨다.
낯선 곳의 낯선 언어가 종일 떠돌아다니는
9월에도 여름이 머물고 있는 먼 나라에서
한숨 끝에 노래의 추임새를 타고 떠나셨다.

그래도 물새는 두 다리를 물에 담그고야
마음 편한 얼굴이 되어 낮잠이 들고
며칠 안 가 그 물새 등에 은근히 기대고서야
잠 깨듯 눈뜨는 호숫가의 보랏빛 꽃들,
그렇게 엇물려 우리는 살아왔다, 어머니는
사랑하던 사람을 찾아 나선 것이 틀림없다.

외롭지 않은 물새가 어느 물가에 있으랴만
나도 두 눈을 당신 안에 은근히 담고서야
시들어버린 둘레를 볼 용기가 생겼다.
떠나시는 어머니를 보듬어 안는 저녁 빛,
이 외딴 풍경은 여명까지 엉겨 있어서
온기가 남은 물새에게 전해진다지만
아직은 물에 젖은 물새의 다리,
물에 젖은 뺨.

옛집 근처

확실히 그 시절은 다시 오지 않겠지.
초등학교 시작부터 출국 직전까지
몇 번씩 확인하고도 돌아서서 가는
누더기 백 년이나 된 열세 평 작은 집,
무너져 내리는 남루한 담벼락을 만진다.

새벽이든 낮이든 흙길 밟는 소리,
반갑다며 속삭이는 내 땅의 살결.
추억과 부끄러움이 두루 섞인 채
유행이 한참 지난 후줄근한 골목.
명륜동의 주름살이 반갑다며 감긴다.

가슴 펴고 만날 날들은 해마다 줄고
끝없이 떠나야만 하는 낯선 시대에
헤매지 않는 몸이 되겠다고 약속했던
그 길을 다 잃었다 말하기는 싫어.

더 이상은 묻지 마.

왜 그런 실수를 했느냐고 더는,
나는 사실 아는 게 없어. 힘들어도
새 길을 찾아야 산다는 소문 때문이었어.
벼랑이 어디 있는지도 모르는 판에
동네를 조심해 살피는 혈육의 발소리.

남은 저녁들이 조용히 문을 두드린다.
지상에서 잃은 모든 것은
언젠가 다 되찾게 된다고
옛집은 되풀이해 내게 일러준다.
그 따뜻한 소식이 꽃잎으로 날리는
좁은 골목 길 위의 명륜동 하늘.

나이 든 고막

싱싱하고 팽팽한 장구나 북같이
소리가 오면 힘차게 나를 불러주던 고막이
이제는 곳곳에 늙은 주름살만 늘어
느슨하게 풀어진 채 소리를 잘 잡지 못한다.
나이 들어 윤기도 힘도 빠진 한 겹 살,
주위에서는 귀 검사를 해보라고 하지만
그런 것 안 해도 알지, 내가 의사 아닌가.
그보다는 늙은 고막이 오히려 고마운걸.
시끄러운 소리 일일이 듣지 않아도 되고
잔소리에 응답을 안 해도 되는 딴청,
언제부턴가 깊고 은은한 소리만 즐겨 듣는다.
멀리서 오는 깨끗한 울림만 골라서 간직한다.
내 끝이 잘 보이는 오늘 같은 날에는
언젠가 들어본 저 사려 깊은 음성이
유난히 크게 울리는 사랑스런 내 귀.

개꿈
―친구 김치수의 부음을 들은 뒤

가까운 친구가 죽었다는 소식 듣고
서둘러 문상 가는 길에 길을 잃었다.
헤매 다니다가 날이 어느새 어둡고
캄캄 칠흑 같은 밤에 길도 안 보이는데
풀 죽어 내 쪽으로 오는 다른 친구를 만났다.
좋은 글을 쓰는 말수 적은 이 친구는
문상 대신 배를 타고 이민을 간단다.
그러고 보니 어깨에 가방을 지고 있다.
한밤에 더구나 비까지 내리는 이 시간에
어디로 왜 이민을 가느냐고 막아섰더니
친구들 하나 둘 죽고 돌아가며 아파서
가슴이 시려 살기가 힘들어서 간단다.
목이 답답하다. 목소리가 나오지 않는다.
개꿈 속에서 개 모습으로 한숨을 쉰다.

이민 가는 친구가 사라진 어두운 쪽에서
눈에 익은 대머리 한 사람이 다가온다.
오래전에 돌아가신 그리운 내 아버지다.

반가운 아버지는 나를 보자 매를 내리신다.
젊었던 날 자주 맞았던 그 대나무 담뱃대로
반가운 마음 때문인가, 매가 아프지 않다.
잘 보이지 않는 아버지 얼굴이지만
밤새도록 매를 내려주셨으면 좋겠다.
친구 하나 살리지 못하는 네가 무슨 의사냐,
이민 가려는 가까운 이를 말리지도 못하는 게
무슨 벗이고 무슨 시인이더냐.
아버지 말씀이 매보다 더 아프고 슬프다.
매를 맞아도 아프지 않고 춥기만 하다.
어느 틈에 아버지도 안 보이고 친구도 없고
여기가 어디쯤인지 생각해보아도 모르겠다.
모두가 떠난 것인가, 답답해 소리쳐본다.
귀가 없어진 것일까, 내게는 들리지 않는다.

어릴 때 절벽에서 떨어지는 꿈을 꾸면
어머니는 키가 자란다고 위로해주셨는데
그게 사랑 안의 개꿈이라고 말씀해주셨는데

나이가 들어서인지, 어머니가 안 계셔서인지
요즘은 꿈을 꾸면 어두워서 어디가 어딘지,
만나는 사람도 누가 누군지 잘 모르겠다.
개꿈도 많이 늙고 힘이 빠져버린 모양이다.

어머니, 자유, 9월의 긴 여행,

자유가 무엇을 주었냐고 하면 몸 떨리는 외로움
이라고 말할밖에 없다. 세상을 떠돌던 그 허름한 나
그네가 무엇을 주었냐고 하면 소리 죽인 울음만 쌓
여 목이 쉬었다는 말. 그러나 고국을 떠난 깨끗한 영
혼이 깨어 있었기에 더 할 말이 없냐고 물어본다면
힘차고 거침없었다는 말을 보태고 싶다. 저기 가볍
게 출발하시는 어머니. 다시 한 번 반듯하게 미소하
시는, 가는 팔도 가슴도 넓게 펼치시는 어머니. 추우
시겠지만 한 떨기 꽃으로 피어나시는 날, 혹은 그 꽃
아깝게 지는 날.

무용가 피나 바우쉬가 무대에 남겨놓은 빈 의자를
좋아한다. 몸짓의 언어만으로 연명할 수 있는 용기.
나이 든 제자들이 태평양을 건너와 빨간 눈으로 울
때 밤새 장례식장에서 우리를 달래시며 사위를 더듬
어 춤추시던 모습. 몸은 가벼워야 하고 꿈은 넘쳐나
야 한다던 어려운 말씀도 저승을 넘어 다 몰려왔다.
나머지는 실내의 비가 되어 나를 적셔주고 한 번도

사용해보지 못한 사랑이 어색하게 눈을 뜨고 어머니를 조심해서 보듬어 안았다. 그 뒤로 새벽이 천천히 왔다.

9월이 되면 누구나 떠난다. 수확의 부담으로 무거워져 날기를 포기하는 새들이 반성을 시작하는 계절. 떨쳐버릴 수 없는 미련으로 우리의 관계는 불안하다. 그때면 주름살 깊은 나이 든 별들이 많이 나타난다. 그래, 혹시 구원의 주소를 지금 외우지 못한다 해도 안타까워할 일은 아니구나. 마음먹고 떠난 여행자는 자주 뒤돌아보지 않는다. 온몸 던져 한길로만 살아온 이의 튼튼한 발자국의 비문, 이름 모를 풀벌레의 위로가 오히려 피처럼 당당하고 넓게 번진다.

270초

상대가 확실히 느낄 수 있도록
그에게 사랑 하나를 다 주려면
270초의 시간이 필요하다고 잡지는 썼다.
사랑 하나의 평균수명이 270초라니.
그간의 말과 귀와 눈동자의 떨림이라니.

사랑이 떠난 자리에 바람이 산다는 건
오래전부터 잘 알고 있었다.
기억의 자리에 빛나던 짧은 후광,
가끔 너를 만져봐, 바람이 갔는가.
움직이는 것이 모두 인연은 아니야.

다가올 날이 아무리 어둡다 해도
너만 나에게 있으면 희망이야.
너를 안고 너와 어울려서
완전히 녹아버릴 때까지의 시간은
270초, 만남과 헤어짐의 현장이야.

오갈 데 없이 잠든 그대여,
생사 간에 그리운 이를 만나
사랑은 어떻게 완성되는가.
탑같이 돌을 쌓아 올리는 것인가,
벽을 허물어 빈터를 만드는 것인가,
닳도록 만져 형체가 사라지는 것인가.

사랑이 도착하기 훨씬 전에
작은 길이 나서서 먼저 익어간다.

폭풍 속의 화가

노르웨이의 골목길 미술관에서, 병든
화가의 눈비 세찬 유화를 오래 본 후,
불안에 시달리는 나이 든 도심의 밭은기침.
피 토하는 자의 공포가 어둠 속에 나타나고
혀가 녹아 연체동물이 되어가는 가족에게
죽음보다 힘센 삶을 살겠다고 외친다.
폭풍 심한 밤에도 자신의 밤이 보일까.

마돈나였던가, 천사였던가, 그냥 나부였던가.
사춘기의 눈으로 보았던 잠옷 벗은 옆집 누님.
부드러운 가슴은 늘 누구를 찾고 있었겠지만
그림자도 만들지 못하는 간단하고 가는 몸매로
머리 풀고 눈 감고 창백하게 숨 거두시던 누님.

겨울이 왔지만 해변에는 눈이 오지 않고
긴 침묵만 밖으로 걸어 나와 얼어버린다.
사람다운 사람을 보기 힘들었던 청춘에는
벌거벗은 목소리만 화폭 위로 뛰어다녔다.

바람이 서고 마침내 인간이 서로 반기며
껴안는 실내, 흩어진 머리칼을 쓸어 올리는
하늘도, 낮은 구름도 아직 많이 젖어 있지만
제발 저 환한 불빛만은 우리를 지켜주기를,
속수무책의 젊은 고통을 잊지 말아주기를.

다섯번째 맛

혀끝의 매운맛은, 정작
아픈 맛이라는 말에
아픈 것도 맛이 있다는 게
좀 이상하게 들렸는데, 그럼
단맛은 간지러움의 맛이고
신맛은 미움의 맛일까.
절망도 행복도 맛이 있다는 것,
더운 것이나 추운 것도
혀에게는 맛으로만 느껴진다는데
내게 오는 매일의 텅 빈 맛은
어디서 오는 어려운 맛일까.

빈 맛이 나이 탓만은 아니리.
손금에 자세히 만져지는 물길,
간절한 슬픔의 맛은 왜 부드러울까.
하늘을 헤집고 내게 오는 친구여,
두 눈에 맺히는 소중한 맛이여.

검정 넥타이

오늘도 장례식장에 다녀왔다.
한 군데이기 다행이지, 친구의 부인……
서울서 가지고 온 검정 넥타이를 매고 갔다.
나이가 나이니 당연히 빈번할 밖에 없지만
빌려 매기 귀찮아 마련한 것,
외국까지 가지고 와서 요긴하게 쓴다.

영안실은 서양보다 고국 것이 낫지만
어둑하게 저음만 가라앉아 있는 곳,
내 장례식장에는 아예 흥겨운 노래만 틀어
신나고 화사하게 꾸며야지 하다가, 참
내가 간 뒤는 나와 관계가 없는 거지, 하다가
서울 가는 여행 가방에 다시 챙겨 넣는 넥타이,
검정색을 확인하고 고이 접는 겨울철 하루.

새 몇 마리 하늘 뒤로 날아간다.
어리석은 긴 방황,
풍문에 날리는 몇 개의 이별.

11월의 발길

여름의 신열을 내리려고
나무는 한 달째 잎을 털어내고
며칠째 계속 해열제까지 써도
큰 서리 내리기 전, 가지를
다 비우기는 힘들겠다.

그래도 잎이 대강 떠난 나무,
눈치껏 많은 빈자리에 아우성
감들이 찾아와 매달렸다.
늘 그랬다. 누군가 떠나야
남아 있는 발길이 쉽다.

공중에 떠다니는 미풍까지
감의 모든 틈새를 채우고 있다.
감꽃이 지고부터는 내내
그늘에 숨어서 가는 숨 쉬며
떫은 세상의 맛을
달래고 어루만져주던 손,

씻고 닦아주던 하늘의 손.

추워야 단맛이 들고
며칠은 하늘이 높아야
감색이 더 환해진다는데
단맛과 색이 살고 있다는 곳,
가을이 새끼를 친다는 나라로
서리 헤치며 길 떠나는
평생을 달고 고왔던 내 친구.

올해는 그 정든 발소리까지
흥이 나는 듯 장단이 맞네.
담담한 저녁녘의 11월이 떠나고
잘 자란 감이 나무와 이별하면
우리들 나이에는 단맛이 들겠지.
한 목숨의 순결처럼 말없이
먼저 떠난 하늘에서는 해가 지겠네.

혼잣말하기

주위가 더 어두워지면
혼잣말하는 시간이 늘어난다.
물상이 하나씩 보이지 않을수록
말을 걸 대상은 풍성하게 늘어나고
세상은 돌아서서 은밀하고 다정해진다.

내 말은 입을 떠나자 얼어버리기도 한다.
도착 전에 형체 없이 녹아버리기도 한다.
이불을 덮어도 낙엽 지고 눈이 오기도 한다.
나는 얼마나 큰 소리로 말하고 있는 것일까,
아니면 낮고 은근하게 속삭이는 것일까.
야속하고 차가운 도시에서는 만날 수 없는
깊이 숨겨진 말을 펼쳐보는 즐거움.

주위가 어두워지기를 기다렸던 것뿐,
걱정하지 마, 돌아앉아서 조용히 있을게.
말의 만남이라는 것이 얼마나 벅찬 기적인지,
두 눈 뜨거워지는 시간인지,

나도 살고 싶은 방식이 있는 것이니까.
그게 또 엉뚱하게 서로 다를 수도 있으니까.

영롱한 목소리의 포옹이 높은 산 물소리 같다.
나뭇잎 흔드는 가을 소리 같다.
무디고 싱싱한 날의 소중한 입김들,
눈의 그늘이 가던 길 잊게 하고
어디서나 가장 편안한 꽃으로 잠들게 한다.

계림의 부부

중국의 계림에 가면 시도 한 편 써보라고 했지.

한데 이 빼어난 풍광에도 왠지 이번은 힘들 것 같네.

종일 시선을 집중해도 산수의 소리만 하늘에 차 있고

그게 꼭 강물 소리만도, 산 흔드는 소리만도 아니었어.

깊은 곡선의 이강(漓江)은 유려하고 물빛도 편해 보였지만

뗏목을 미는 힘은 얼마나 완강하고 세던지.

그 물살은 얼마나 빠르고 눈부시던지.

오를 수 없이 깎아지른 봉우리는 그 끝이 구름이고

불끈 솟아 있는 높은 산들을 하나씩 휘감고 도는

혹은 산의 근저나 뿌리를 물살로 만지거나 간질이는

강물은 처음부터 물오른 여인의 허리보다 더 간곡

했어.

그러니 산은 더 단단히 바로 설 수밖에 없었겠지.

강의 신음 소리가 잘 때쯤이면 산이 또 밤새 그 모양이니

얼마나 긴 황홀인지 나는 종내 잠을 이룰 수 없었어.

여기 올 때까지는 강과 산이 한 짝 암수인 것을 몰랐다.

정말 믿을 수 없었다. 그렇게 장단이 맞을 수가 없었다.

결국 비밀은 그것밖에 없다. 진심이어야 한다.

마지막 절경은 진정을 보이는 단순함.

형식보다는 땀에 젖은 얼굴, 체온이 먼저다.

계림에 와서 난데없이 나도 희망 한 개를 얻기는 했다.

지류의 주변을 지나가는 뗏목이 슬며시 던져주

었다.

평지를 스쳐가다 뜬금없이 곧고 준수하게 서 있는
튼실한 봉우리 하나를 내 헌 몸에 넣어주었다.

사는 날까지 남의 눈치 보지 말고 의연하게 일어
서라.

흐르고 싶은 곳으로 흐르고 오르고 싶은 곳에 올
라라.

시간이 남으면 여유롭게 말 없는 하늘도 되어라.

중국 땅의 민감한 일출이 3만 6천 개의 목소리로
울린다.

산수야 어디서건 높거나 깊고, 중생이야 내처 불
쌍한 것,

이강이 이별의 강이라니 한판 춤으로 그 밑에 뿌
린다.

네 가지 계수나무의 진한 꽃향이 마을을 감싸지만

떠나는 여인이여, 인적은 없고 물살은 보이지 않

는데

　돌산이 멀어지는 강에서 울창한 대숲이 미망을 전
한다.

　어느 틈에 용승을 지나 양삭을 지나 계림에 도착
했다.

3부

알렉산드리아의 바다

단 하루뿐이었다.
지중해의 가벼운 물이 나를 둘러싸고
해안에 기댄 호텔로 안내한 저녁,
빛바랜 천 년 소음이 먼지에 젖어
눅눅한 도시가 절반 정도만 보였다.
나이 들수록 오래 생각하지 말라고
너무 길면 걷기가 힘들어진다고
그 여왕은 해변을 걸으며 말해주었지.

잠을 잘 자야 잊는 힘도 생긴다.
모래 위에 남겨둔 운명은 밀물이 지우고
수줍게 고개 숙인 해안의 석양도
잔잔하게 번지는 핏빛의 소식이 될 뿐,
외로운 자만이 쉽게 털고 떠날 수 있다.

지중해는 그 옛날부터 기다렸지만
이번에 만난 도시와 바다 사이에는
불투명한 역사가 쓰레기 되어 병들고

낡은 돌층계에서는 노래가 갈라지고
호텔의 틈새 그림자만 마른 인사를 한다.

목요일 그 하루저녁만이었다.
늦더위와 파도 소리와 그 앞을 지나는
이집트의 허름한 중년들만 살아 있고
기원전의 등대나 지진으로 무너진 도서관은
역사의 구석에서 무거운 짐을 챙긴다.
추억인 양 한숨 쉬는 먼 알렉산드리아,
아직도 답신은 도착하지 않고
그해의 밤도 쉽게 찾아오지 않았다.

오늘의 운세

읽은 적이 없어서 낯이 선
신문 끝의 큼지막한 구석,
오늘의 운세를 읽는다.
그러니까 소띠 다음 범띠를 찾아
태어난 해를 눈으로 찾아가는데
주위에는 온갖 사연이 즐비하다.

……어두운 길에 불빛이다.
길에서 귀인을 만난다……
열은 심해도 오래가지 않겠다……

내 길이 왜 어둡다고 하지?
작은 글씨의 이마를 짚어본다.
열? 느끼지는 못해도
어딘가 어두운 곳에 숨어
열이 자라고 있는가.
귀인이야 모두가 귀인이지만……

주역으로 본 이 주의 운세는
관의 기가 쇠약하니 부진하다?
관의 기?
물어볼 사람도 없는 동네에서
운세 풀이를 포기하기로 한다.
돈, 재산, 수입이란 단어만 가득한
오늘의 운세를 덮어버리고
일 년의 운세와 평생의 운세까지
한꺼번에 다 지워버리면

빈손에 초라하게 남는
먼지 덮힌 통증의 양심 하나,
그래, 너 하나면 족하다.
한 세월 가장 많이 의지했던
떠도는 내 운세가 되어다오.

이별하는 젖은 얼굴처럼
외로움도 단념해야 축복이 되고

되돌려줄 힘이 있어야
너그러운 매력도 된다.

많이 아프며
살아온 것 아는지,
부드럽게 안아주는
추운 날의 언 음성.
넉넉한 운세의 덤불들.

정화된 골목

물론이지, 기억나고말고.
이른 아침, 이른 봄, 이른 나이에
분홍 목련만으로 눈이 부시던 날,
어느 해였는지는 확실치 않지만
주위는 지워지고 꽃만 가득하던 골목,
암, 다 기억나고말고.
그 정화된 몸.

나는 몇 해 버려진 꽃씨였던지,
흙더미 돌담 벽에 기대선 풀씨였던지.
목련이 미소하며 수런대는 시간에
바람 타고 떠나고 싶었던 황홀이었던지.
반가워서, 아쉬워서, 아니면 추워서였나,
아직도 설명할 수 없는 게 너무도 많아.

나이는 냉정한 아파트 단지가 다 먹고
고층 빌딩의 각진 그림자만 차갑게 남았네.
물론이야, 기억이 안 날 수 없지.

그 젊은 날은 정화된 관계 속에서 숨죽여 살며
고통을 이겨낸 것들, 오늘은
우리를 무심히 지나가네.

산행 6

이제는 상세한 지도가
필요 없어졌다.
세상은 아무래도 하나고
내가 어디로 가고 있는지,
가야 할 곳이 어딘지, 대강
눈치로 알게 되었다.

이제는 더 이상, 잔
설명이 필요 없어졌다.
어떻게 살아야 하는지,
어떻게 침묵해야 하는지,
모든 게 자연스럽게
한곳으로 모이는 동행들.

우리 사이에는 그나마
정상이 저만큼 남아 있구나.
몇 번 더 만나기보다
가던 길을 고집해 걸으며

나를 압도하는 그대여.

누군들 내일을 장담하리.
가늘고 노회한 눈물 말고
나약한 눈치 속의 감옥,
세찬 눈보라까지 모두
네게 이르기도 전에
산 메아리로 피어난다.

어디 있니?
꽃이었던 모든 날들이
말없이 옷을 적신다.

고비 사막 1

걷기가 무척 힘들었어.
걸어도 걸어도 잘 가지지 않았어.
젊었던 날에도 그런 적이 있었다.
너도 그랬지?
아무도 없어서 그랬을까.
가야 할 곳을 몰라서 그랬을까.
한 사람이 비슷한 사람을 만난다는 게
참으로 어려운 일이란 걸
우린 오랜 후에야 알게 되었지.

너무 오래되어 시간은 지쳐 멈추고
너무 크고 똑같아서 할 말도 떠나고
더 이상 볼 일이 없어진 모래 지평선.
완전무결한 단절이 집착의 매듭을 끊는다.
마르고 말라서 모든 입술은 찢어지고
피도 흐르지 않고 응고된 먼지의 성.

만나지 말았어야 할 고비 사막,

병들고 오염된 두 발이 깊이 빠져
모래가 얼굴까지 닿으면
가지 마, 가지 마 하는
모래의 목소리가 들렸어.
너도 확실히 들었지?
무작정 몸 안으로 파고들던
사막이 아파서 울면서.

사막은 가난해서 가진 게 없었어.
그래서 노래만 한 모양이지.
너도 들었지?
바람만 살고 있었는데 밤이 되었고
고음의 노래는 다 별에게 갔어.
고맙다는 말이 가득 누워 있는 사막,
수많은 별들이 나를 감싸 안아주고
막막한 미지의 길까지 밝혀주었다.

고비 사막 2

왜 그런지 멀어지기만 한다.
떨어져 있는 우리 사이가 사막이 되어
앞으로 가야 할 길이 작게 보인다.

모든 것을 감싸 안아주는
늙고 나른한 모래언덕들이
허리 굽어 쇠잔한 걸음걸이까지
부드럽게 안아준다. 내가
사막에서 무너지며 네게 기댄다.

초면인데도 옆에 마주 서서
사막의 남은 온기를 잠옷으로 준다.
몸의 구석구석이 벌써 포근하게 졸리다.
자는 것이 무엇인지 모르는 사람처럼
고비 사막을 덮고 긴 잠에 든다.

견고한 형식은 마을로 가버리고
만져도 확실하게 쥐여지지 않는 땅,

공기까지 가벼워 마음 편히 만날 수가 없다.
서쪽에는 끝없이 큰 노을이 퍼져 있어
아무리 기다려도 밤이 오지 않는다.

주위를 돌아보니 뭐가 그리 바쁜지
모두들 말없이 떠나고 말았다.
가고 또 사라지기만 하는 고비 사막에서는
누구나 혼자라는 것 어차피 알게 되는구나.
하늘은 끊어지지 않아 춥기만 하고
별은 너무 많아 방향이 잡히지 않는다.
이러다 죽으라는 말이 환청으로 들린다.
고개 들어 무작정 멀리 바라보니
그래도 살아가라는 말이 또 뒤쫓아 온다.

고비 사막 3

　고비 사막을 헤매다보면 한 것도 없는데 금방 힘이 달려 아무도 없는 줄 알면서도 고개를 들어 하늘을 둘러본다. 날이 저물녘 다가오는 세 사람의 젊은 여인을 만났다. 꼭 한국 여인같이 아름다운 분, 반가워 말을 걸었다. 한국분이세요? 답이 없고 내 아래위를 본다. 내가 무례를 저질렀구나. 정중하게 다시 물었다. 한국서 오셨나요? 여자들은 웃지도 않고 고개를 저으면서 나를 피해 갔다. 언뜻 머릿결 날려 보이는 한 여자의 넓은 이마, 아, 몽골 여자였구나. 한데 한국어를 모르겠다는 표정이 꼭 장난 같기만 하네. 표정과 냄새가 확실히 눈에 익은데……

　몽골이 원나라였던 고려 말, 수십 년 동안 매해 공녀라는 이름으로 강제로 붙잡혀 북쪽으로 끌려온 수천, 수만의 젊은 한국 처녀들은 다 어디로 갔나. 몇 달씩 걸어서 기진해 외로움과 공포 속에서 많이는 사막 쪽으로 도망치다 죽었다는데, 혹은 흉노족 군인에게 평생을 감시당하며 아이만 낳았다는데, 그

잘난 고려의 왕들은 해실거리며 궁궐 깊숙이 숨어
나 몰라라 제 식솔만 챙겼다지. 그 무슨 충렬왕, 충
선왕, 충숙왕, 충혜왕, 충목왕, 충정왕 등의 이름은
아직 책마다 등장해 펄펄 설치는데 고비까지 끌려와
모래 바닥에 아이 낳고 꺼이꺼이 울던 한국 여인들,
참다가 터지는 그 울음이 그대로 이상한 가성의 몽
골 노래가 되었네.

　어느 역사책에도 이름은커녕 쓸려죽은 숫자도 헤
아려주지 않았던 한 서린 들꽃들. 고비 사막에 섞여
있는 고려 여인의 피가 보일까 봐 여인들을 보기가
부끄러웠다. 너무 닮은 모습에 가슴이 내려앉기도
했다. 사막의 저녁 바람 소리에도 고려의 말이 들려
귀를 막고 비켜가기만 했다. 사막을 걷다가 우연히
작은 뼈 쪼가리 하나를 주웠는데 뼈 쪼가리가 문득
먼 데를 보면서 부끄러워한다. 그럼 고려 여인의 것
이었을까. 반갑고 미안한 조그만 뼛조각, 가이드는
사막의 들짐승 것이라지만 그 옛날의 뼈를 몇 개 주

머니에 넣을 때마다 나는 온몸이 편안하고 따뜻해졌다. 내 사랑!

고비 사막 4

내가 장난감같이 작은 비행장에서부터 텅텅 빈 초원을 다섯 시간 달려 고비 사막의 경계에 다다랐을 때, 그 크고 넓고 끝이 없는 무지막지한 모래 구릉들을 처음 보았을 때, 무섭다는 한 가지 느낌으로 온몸에 소름이 돋았다. 고비 사막의 시작은 내 상상을 초월하는 넓이여서 아름답기 전에 먼저 오는 전율. 아마 내가 겁쟁이여서 그랬는지도 모른다. 두려움의 정상에서 진땀이 온몸을 적시는 순간 나는 사막 앞에 펼쳐진 야자수 늘어진 오아시스를 보았다. 멀기는 했지만 사막이 시작되고 얼마 안 되는 지점에 한가로이 펼쳐진 푸른 호수와 그늘과 평화.

황홀한 광경에 소리쳤다. 저기 오아시스가 보인다! 목소리가 너무 컸는지 가이드가 돌아보며 웃었다. 오아시스가 아니라 미라쥐다. 미라쥐, 그러니까아, 신기루. 맞아. 오래전 신기루라는 말을 들은 적이 있지. 그래도 너무 확실하게 보이는 저 오아시스가 신기루라니. 내 시력은 아직 괜찮다던데…… 그러나 가이드의 말이 틀릴 수가 없는지 가도 가도 항상 일정한 거리에 그 오아시스는 똑같은 모양으로 펼쳐져 있었다. 가도 가도 같은 모습. 누가 그랬지, 겁먹은 자에게 제일 먼저 보인다는, 겁이 많을수록 더 잘 보인다는 신기한 신기루.

오래 잊고 있던 신기루라는 단어는 속임수에 넘어가는 바보 같아 늘 피해 다녔다. 한데 사막에 와서 진짜 신기루를 만나다니. 겁이 나서였을까. 오래전 태평양을 건너가 일했던 젊은 날의 직장. 자다가 한밤에 가위눌리면 이를 갈기도 하고 꼬리를 치켜들기도 했지. 고비 사막을 오래 걸으며 내 친구가 된 양봉의 암 낙타가 긴 속눈썹을 깔며 중얼거렸다. 신기루는 꿈이야. 꿈 없는 생은 살 이유가 없지. 너도 신기루를 꼭 가져. 신기루를 자주 만나야 마음 편히 살수가 있어. 그래? 신기루를 만나? 낙타의 긴 속눈썹이 껌벅껌벅한다. 아무것도 없는 사막, 그 한복판!

가을의 생애

젊은 날 실패한 긴 언약이
가을이 되어서 돌아왔다.
그중에서도 가장 말이 없던
한바탕 구절초 꽃 더미로 왔다.
오늘은 그새 나이든 꽃을 만나
술 한잔 나누며 간청하리.

어쩌다 절벽에 서서 센 척도 했지만
불길의 속내를 힘써 다듬기도 했다고
내 증인으로 나서달라 애걸하리.
화사했던 밤들도 허영만이 아니었고
때때로 실수처럼 향기도 품었다고
확실하게 증언해달라 부탁하리.

서로를 뒤돌아볼 나이도 되었으니
이제는 함부로 손댈 수는 없지만
그 시대에 묻어나던 은근한 향기,
구절초도 회오리가 있다는 것을

일부러 키를 낮춘
가을이 알려준다.

죽을 때까지 늙지 않는 꽃,
언덕이 비어 있어 떨고 있지만
네 살이 살아 있어 추운 거다.
누군가 내게 말해준 적이 있다.
예술만이 마지막까지
죽음과 맞선다고……
한판 승부까지 간다고……

꽃이 가슴을 진하게 잡으며
말을 남기려다 쓰러진다.
꽃은 결국 심장마비로 죽었다.
속사정 알고 있는 구절초 얼굴이
두 겹 세 겹의 물결로 보이고
친하던 수호천사가 미소하면서
가을의 끝막에서 깨어난다.

몇 줄의 언어가 머리를 털며
홀연히 내 앞에서 빛을 뿜는다.

벌레 죽이기

작은 벌레 한 마리 부엌 바닥을 기어가는데 아내가 질겁하며 밟고 또 밟아 죽인다. 그래도 잠시 움직이는 듯하니 이번엔 무거운 책으로 치고 또 내려친다. 흔적도 거의 없어진 벌레는 죽으면서 혹 무자비하고 잔인한 살생이라고 원망했을까. 이렇게 박살을 내며 죽여야 했냐고 욕하며 죽었을까. 벌레는 죽음의 아픔보다 인간의 포악성이 불쌍하다며 눈물 흘렸을까. 인정사정없이 죽인 아내를 용서해주었을까.

강한 자는 성대가 퇴화한다. 약한 자를 죽여서 먹어버리는 데 일일이 변명이나 설명이 필요 없기 때문이다. 독수리는 아예 성대가 없어 울음소리를 들은 자가 없다. 누구 앞에서나 배가 고프면 아무거나 죽여서 먹어버리면 끝이다. 그래서 말없는 자를 주의해야 한다. 자신을 감추기 위해 외면하는 차가운 독재자를 조심해야 한다. 아내는 공포 때문에 성대를 깊이 감추고, 혹은 잊어버리고, 가여운 벌레를 죽였나.

그렇다면 우리는 추위가 긴 나라의 축축하고 어두운 이야기로만 남았는가. 그런 발견은 어느 나이에나 쓸쓸하다. 껍질은 안을 위해 살면서 늘 한눈 파는 세월의 힘에 눌려 숨죽인다. 폭포가 떨어지는 곳이 물에서는 제일 깊듯이, 봄철에 목련 지는 곳이 기억에서는 제일 깨끗하듯이, 죽은 벌레의 피로 영근 꽃들이 또 제일 화려하듯이, 허나 향기를 지니고 사는 일은 어디서나 힘들어 감방을 피해 멀리 도망치는 너.

김영태의 기차역

내 친구 시인 김영태는 몇 해 전 아파트 재건축에 밀려 엉뚱하게 혜화동에서 죽었지만 파랗게 조용하던 마지막 자리에서 한평생이 잠깐이네 하던 시든 목소리는 아직도 내게 머물고 있다. 친구가 살아온 길은 아무래도 눈감고 걸어간 몽상의 나그네. 그 말을 못 믿겠다면 문학이고 시고 무용이고 그림이고 음악이고 연극 안에서 푸푸 허우적대다 익사한 어부다. 두어 개가 더 있구나. 굽 높은 구두와 명주 목도리. 헝클어진 머리털 속에는 예술 선동의 종이 그림들, 또 빈 주머니.

바람 사이의 노래, 이별 사이의 노을. 네가 죽었다면 나도 그 근처고 다 죽은 뒤에는 살아남을 시가 있을까. 그는 끝까지 유럽 지향적이었지만 헤매던 관심이 바쁘긴 마찬가지였다. 사방으로 퍼지는 친구의 펜글씨에 나는 무조건 부적격 판정을 내려주고 싶었다. 움직이는 친구의 재능에 발이 찔려 피가 나기 시작했다. 눈치에 약하고 끈질기지 못한 이 빠진 펜 끝

에 녹슨 밤이 돌아왔다. 지친 여름은 하염없이 길었
다. 결국, 봐라, 나도 그렇겠지만 아무도 그의 죽음
을 기억해주지 않았다.

지구 위의 조그만 방에 엉거주춤 앉아 친구가 그
린 회색 바탕 표지 그림을, 오래된 책을 펼쳐 1968년
에 쓴 글을 읽는다. 활판 인쇄의 글자들이 툭툭 튀어
나와 보고 싶었다고 말한다. 스위스였나, 프랑스였
나. 파울 클레의 기차역에서 시인은 글을 썼다가 지
운다. 글을 그리는 표정으로 피도 없이 걷고 숨도 쉬
지 않고 산다. 그가 가고 난 다음 날부터 문헌은 늙
기 시작했다. 어색한 햇살을 털고 있는 목쉰 문장.
오래된 관절염 때문인지 부기가 보이는 헌 종이가
아프다며 찢어진다.

180쪽에서 잠시 선다…… 가을이 오면 파울 클
레의 역에 가곤 한다. 선로 위로 내리 쬐는 햇볕, 텅
비어 있는 대합실에 망명객처럼 앉는다, 역사 뒤에

는 교회당이 서 있고 자연의 풍만한 살점들은 찾아볼 수 없다. 온 신경은 송곳이 되어 탐색하고 약간의 혼합된 색채들이 적막을 잘 감싸주고 있다. 세피아 블루 계통의 석연치 않은 점선은 그나마 역의 분위기…… 그러나 가을이면 다시 클레의 역에 그를 마중하러 나간다. 이슬이 아직 묻어 있는 꽃다발 하나. 짧은 비가를 듣는 것 같다……

강화도 전등사 뒤 언덕, 영태의 수목장 자리에는 잡풀이 무성하다. 동행한 후배 몇과 함께 군사 훈련 제2 포복 자세로 헝클어진 풀과 함께 무릎 꿇고 절을 한다. 영태가 웃는지 킥킥 소리가 입을 맞춘 땅에서 올라온다. 표정 없는 보라색 이끼꽃 같은 게 가려진 풀 안에서 생각에 잠겨 있다. 무르팍엔 어느 틈에 풀물. 그래, 네가 용기 있는 예술가였는지도 모르겠다. 비웃음의 눈과도 돈과도 또 가정과도 평생을 피투성이로 맞상대를 했구나. 지친 영태가 서둘러 클레의 기차를 탄다.

은인을 위하여

눕자마자 깊은 잠에 든다는
친구의 건강한 자랑에, 나는
주눅 들어 할 말이 없었다.
젊었던 날, 누가 그런 말을 했다면
군대도 아닌데, 그 좋은 시간을
낭비만 하느냐고 웃었겠지만
지금은 조락의 추운 날씨!

잠이 들기 전 누워서 뒤척거린
뜨거운 하루의 덤이나 나머지.
나를 키워준 밤의 부스러기들.
이제 그 푼수들은 어디에 살고 있을까.
부끄럽고 벅찬 가능성만 믿고
늘 잠의 속살을 품어 안고 살았지.

밤새운 어떤 날은 허상을 잡았던지
진땀 나고 때에 전 것들 다 버리고 나면
예감의 찬 공기가 몰려오는 환청에

핏기 없는 얼굴로 떠나던 새벽의 혼들.
비록 황야에 쓰러지겠다고 큰소리쳤지만
들끓는 사연에 매번 소용돌이치다
나를 조금씩 먹어버린 비린 유혹이여.

낙태한 수많은 노래가 재로 쌓이는 아침,
태어나지 못한 것들이 치명적인지
모여서 백발이 되고 주름살이 되고
노쇠가 되고 혈압이 되었겠지만,

모든 기억과 사유와 교양이 사는
자투리 시간에 자란 전두엽의 뇌,
피질의 굴곡을 따라간 열정만으로
잠들지 않는 뇌의 맥박을 듣는다.

산에서 강에서 몰려오는 뇌파들,
어릴 적 불면이 만든 중얼거림이
오늘에야 무수한 살별로 피어난다.

오랜만에 빛나는 변방의 불꽃처럼,
오랜만에 만나는 불굴의 연인처럼.

밤이여, 내 정든 타인,
뼛속에 깊이 감추어둔 꽃잎,
이 나이에 이르도록 나를 살려준
고맙고 살가운 비밀이여.

물의 정성분석

동양이고 서양이고 물이란 게
가만히 앉아 있는 성질이 못 되어
찢어진 곳이거나, 보이지 않는
틈까지 찾아가, 미세한 결핍도
채우고서야 흐르는데
떠나고 헤어지는 게 버릇이지만
갈 곳이 마땅치 않으면
공중으로 온몸을 날려
소식도 안 남기고 증발해버리지.

물에게 제 모습을 간직하라고
강요할 수는 없다.
원래의 모습이라는 게 무엇일까.
가벼운 수소와 산소가 만나
함께 살기로 한 날부터
정성분석 실험실은 늘 젖어 있었다.

물은 아무의 말도 듣지 않는다.

철들 나이가 되어도
무리를 떠난 물은, 목숨이
위험하다는 것을 모른다.
물은 물끼리 만나야 산다는 것,
서로 섞여야 살 수 있다는 것,
그나마도 모를 것이다.

집으로 돌아갈 수 없다는 건
어느 때부터 알았을까.
호흡이 무너지며 글썽이는 물,
함께 살았던 날들만
곰삭은 축제였다는 걸
언제부터 알았을까.

그러나 길 떠나지 않는 물은
눈치만 보다가 죽고 만다.
움직여라, 게으른 물들,
좌절에 흔들려 보지 않은 물은

얼어서 결박되든가,
썩어서 사라질 뿐이다.
흔들려라, 젊은 날에는,
그래야 산다.

물이여, 그렇다면 잘 가라.
한때는 빛이었고 불멸이었던,
눈꽃과 얼음으로 크게 피어나던
추억의 물이여, 잘 가라.
어딘가 높은 곳, 물의 가족이
애타게 부르던 소리도 희미해졌다.
길 잃은 물의 집이 어디였던지?

그날이 다 지나고 돌아서면
한가롭고 충만하고 싶어서일까,
방향을 바꾸어 하늘로도 향하고
색을 바꾼 구름이 되기도 한다.
가끔은 헤어진 인연을 못 잊어

비가 되어 땅에 다시 내려오겠지만
죽어서 하늘에 갔다는 말도
이제야 조금은 알 듯하다.

긴 비 그친 우리 마을에
큰 무지개 하나가 선다.
얼마 만에 보는 황홀이냐.
그렇다, 이런 일도 있었다.
알몸의 물이 춤을 춘다.
물이 완성되어 하늘에 올랐다.

악어 2

그럴 줄 알았다.
더러운 체액과 차가운 피 속에
에이즈 균도 죽일 수 있는
초강력 항생제가 있다는 것.
썩은 동물이나 악취의 병균과 함께
흙탕 속에서 자고 먹고 살면서
큰 무게의 상처까지 쉽게 치유하는
막강한 악어의 피.
중생대의 공룡과 함께 어울려 살던
멸종되지 않는 비애의 화엄인지,
자신이 환한 연꽃이라는 것인지.

어차피 모든 생은
나름의 비밀을 지니고 산다.
저 물새 가늘게 걷는 모습도
어디서 많이 보던 예불인가.
위로의 말 한마디 듣지 못한
악어의 입과 턱에 모인 무지의 힘으로

한 번도 몸을 곧게 세워보지 못한다.
아니면 목소리 낮춘 악어의 고백,
평생 아무도 사랑해보지 못한 탓인가.

사랑은 얼마나 환한 것일까?
누구를 지목하지 않아도 오늘은
혼자 사는 악어 옆에 물새,
물새 옆에 잠자리, 그 옆에 연꽃.
외로워야 드디어 몸이 편안해지는
충혈된 두 눈의 파충류의 은신.

계산은 하지 않았다. 내 피로
평생의 상처를 고쳐주고 싶었다.
병 없이 편히 살게 해주고 싶었다.
정성만으로는 부족하구나.
그렇게 너는 물려서 떠났다.
매끄럽지 못한 사랑은 회한에 싸여
가장 진한 밤에만 숨어서 울고

내 피는 더 이상 더워지지 않는다.

국적 회복

1

그해에 나는 처음으로 젊었었다.
계절이 갑자기 끝나버린 그 여름,
군가도 더위에 녹아버리고 말았다.
동기 군의관들이 힘들게 면회 와서
감방에서 나보다 먼저 울었다.
내게 다시는 시원한 날이 안 올 듯
한여름에 겨울옷을 놓고 갔다.

숨어 사는 쓰레기 소각장에서
남은 시도 다 태우고 풋정도 함께
끝없는 연기로 태웠다. 냄새까지 감춘
연기가 억울하다고 내게 속삭였다.
그 초라함과 삼켜도 안 넘어가는 모욕을
차가운 침묵의 태연한 재로 만들고
가볍게 이승의 바깥으로 나를 버렸다.
미련을 남기지 않는 고결한 변신,

나도 그쪽으로 가리라 각오했었다.
입술을 깨물며 맛도 색깔도 변한 피를 삼켰다.

2

내가 미워했던 고국이여,
잘못했다. 긴 햇수가 지나도
계속 억울하고 서러웠다.
치욕의 주먹이 미칠 것 같은
머리와 목덜미를 치고
내 앞길에 대못을 박았다.
더 이상은 선택이 없었다.

그 사이에 내가 늙고
기다려주리라는 꿈은
결국 실현되지 않았다.
계절이 바뀌어도

한 묶음의 세월이 지나도
산과 강이 옷을 벗어도
실현되지 않았다.
그렇게 혼자서 흘러갔다.
가다 보니 아무도 없었다.

그러나 나는 믿었다.
물고기는 물고기끼리
낙타는 낙타끼리
나비는 나비끼리
그리고 사람은 사람끼리
언젠가는 서로 화해한다.
그 따뜻한 속내만을 믿었다.
누구에게도 손 내밀지 않았다.

3

찢어져 헌 걸레 같은 몸을
내 고국이 아무 말 않고
끝내 보듬어주었다.
누추한 몰골로 무릎 꿇고 앉아
몸이 중심을 잃고 떨기만 했다.
돌아가신 부모님 앞에서 목이 메었다.
주위는 늘 서늘하게 비어 있었다.
너무 늦었다는 말이 들렸다.
그것도 모르고 몇 친구가 다가와
튼튼한 표정으로 손을 잡아주었다.
내 뼈가 좋아서 웃었다.

한곳에 오래 사는 비결은 무엇일까.
아무 말 않고 미소하는 것,
앞뒤를 따지지 않는 것인가.
외국에 나와 변명을 꼭 하자면

나는 그렇게 살고 싶지 않았다.

아무도 없는 광대무변의 외로움이
무시로 나를 차고 흔들어 굴렸지만
먼지와 폭풍과 천둥의 비바람 속,
그 마지막에 남는 평화를 믿었다.
살아서는 돌아가지 못한다 해도
그래도 다 괜찮다는 말이, 확실히
내 가슴 한복판에서 맑게 들렸다.
정말이다, 너무 늦었다는 말까지
나를 그냥 가볍고 푸근하게 해주었다.

이슬의 뿌리

이슬은 내 과거인가,
가까이 사는 미래인가.
반짝이며 다가오다가
고개 한번 돌리는 사이에
손 흔들며 어디로 가는가.
의중은 잠시도 쉬지 않는다.

살아갈 앞날이 확실치 않으면
보였다 안 보였다 눈 깜빡이며
하루 사는 이유를 확인하고
이슬의 아버지가 죽은 자리에
이슬의 아들이 태어난다.

이슬은 그러니까 내 신비,
저 숨결이 그늘을 만들면
이슬은 힘없는 물방울 하나,
사랑하는 어릴 적 내 가족은
다 어디로들 간 것인가.

빛이 생명이라는 어려운 말이
불현듯 이해가 된다.

이른 아침을 함께 거닐어도
한나절이 지나면 늘 이별인데
젖는 줄도 모르고 살다가
내 일상이 끝나면 돌아갈 곳인가,
이슬의 뿌리는 눈물이라던데
모든 모습의 물을 모아
밤새운 얼굴을 고이 닦는다.

이슬과 꽃, 그리고 시인

김주연

1

　지금부터 18년 전 마종기는 그의 일곱번째 시집(공동시집/시선집 제외) 『이슬의 눈』에서 이슬을 이렇게 노래했다.

　　가을이 첩첩 쌓인 산속에 들어가
　　빈 접시 하나 손에 들고 섰었습니다.
　　밤새의 추위를 이겨냈더니
　　접시 안에 맑은 **이슬**이 모였습니다.
　　그러나 그 **이슬**은 너무 적어서
　　목마름을 달랠 수는 없었습니다.
　　하룻밤을 더 모으면 **이슬**이 고일까,

그 **이슬**의 눈을 며칠이고 보면

맑고 찬 詩 한 편 건질 수 있을까,

이유 없는 목마름도 해결할 수 있을까.

　　　— ㉠「이슬의 눈」[1] 부분(이하 굵은 글씨는 인용자)

　이슬은 차고 맑은 공기가 만들어낸다. 그 모습은 투명하다. 그 이슬이 시로 들어올 때 당연히 맑고 투명한, 아름다운 이미지를 만들어낸다. 물론 이슬의 생명은 짧아서, 인생을 가리켜 풀잎에 맺힌 이슬과도 같이 잠깐의 시간이라고 하지 않는가. 그럼에도, 아니 오히려 그 짧은 시간 때문에 이슬의 이슬된 보람은 귀하게 여겨진다. 그 분량 또한 얼마나 적은가. 이 시에서처럼 이슬로 목을 축인다는 것은 다급한, 상징적 해갈 이상의 실효성을 가지지 못한다. 말하자면 이슬로 목마름을 달랠 수 없다는 시인의 호소는 단순한 육체적 갈증을 넘어서는 어떤 간절한 그리움과 관계된다. 그렇기 때문에 시인에게 이슬은 너무 적을 수밖에 없다. 그렇다면 그 그리움이란? "그 이

---

1) 마종기에게는 지금껏 열한 권(이번 시집 포함)의 시집이 있는데 순서대로 적어보면 다음과 같다. ①『조용한 개선』(1960), ②『두번째 겨울』(1965), ③『변경의 꽃』(1976), ④『안 보이는 사랑의 나라』(1980), ⑤『모여서 사는 것이 어디 갈대들뿐이랴』(1986), ⑥『그 나라 하늘 빛』(1991), ⑦『이슬의 눈』(1997), ⑧『새들의 꿈에서는 나무 냄새가 난다』(2002), ⑨『우리는 서로 부르고 있는 것일까』(2006), ⑩『하늘의 맨살』(2010), ⑪『마흔두 개의 초록』(2015). 이후 인용시 해당 시집은 번호로 대신한다.

슬의 눈을 며칠이고 보면/맑고 찬 詩 한 편 건질 수 있을
까"라는 말 속에 아마도 그 답이 있지 않을까. 맑고 찬 시
한 편을 향한 그리움은 마종기에게 있어서 이처럼 뜨겁
다. 그러나 '뜨거움'이란 말은 이 시인의 언어가 아니다.
차라리 시인은 늘 서늘하다. 마종기 시가 폭넓은 독자층
으로부터 사랑받는 이유의 중심에 바로 이 서늘함이 있
다. 그것은 사랑과 연민, 초월의 따스한 촉감을 만져주는
언어이기 때문이다. 서늘함— 그 말과 더불어 우리는 과
격하지 않으면서도 따사로운 사랑, 탐욕으로 나아가지
않는 애절한 사랑, 세상에서 다할 수 없는 영원한 사랑,
그리하여 마침내 한 줄의 시로서밖에 달리 그 진실됨을
표현할 길 없는 사랑의 진리를 만나게 된다.

　이러한 사랑은 존재하지 않는, 결핍의 사랑이다. 결핍
은 그리움을 유발한다. 마종기의 시는, 우리가 기억하는
절창들이 그렇듯이—소월이나 만해, 지용과 윤동주가
문득 떠오른다—바로 이 그리움의 현신이다. 사람들을
그리워하고, 시를 그리워한다. 「이슬의 눈」 이후 18년이
지난 지금, 이번 시집에는 「이슬의 하루」가 실려 있다. 어
떻게 달라졌을까.

　　이제는 알겠지,
　　내가 **이슬**을 따라온 사연.
　　있는 듯 다시 보면 없고

없는 줄 알고 지나치면

반짝이는 구슬이 되어 웃고 있네.

      — ⑪「이슬의 하루」 부분

 아, 시인은 이제는 알겠다고 고백한다. 이슬을 따라왔다고도 고백한다. 그 이유는, "있는 듯 다시 보면 없고/없는 줄 알고 지나치면/반짝이는 구슬이 되어 웃고 있"는 데에서 뚜렷하게 밝혀진다. 이슬은 있는 듯 없는 듯한 구슬이라는 것이다. 1960년대 중반 이 땅을 떠나 타국에서 반세기를 살면서도 열 권에 가까운, 그야말로 구슬 같은 시집들을 내놓은 시인으로서 이슬은 시인이 관심을 갖는 시적 사물의 가장 중심에 있다. 그 속에서 시인은 투명하고 맑은 시의 정수를 발견할 뿐 아니라 "있는 듯 없는 듯한" 시의 현실, 더 나아가 시인 자신의 현실을 되돌아보는 게 아닌가 싶다. 이러한 상황은 이 시의 다음 부분에서 분명하게 드러난다.

없는 듯 숨어서 사는

누구도 갈 수 없는 곳의

거대한 마지막 비밀.

내 젊은 날의 모습도

이슬 안에 보이고

내가 흘린 먼 길의 눈물까지

이슬이 아직 품어 안고 있네.

── ⑪「이슬의 하루」 부분

반세기를 조국이 아닌 타국에서 살아온 시인이 그 삶을 외로움과 설움으로 피력한 사연은 이미 그의 시 전체를 관류하는 시적 현실이 되어왔음은 잘 알려져 있고, 또 여러 평자들에 의해 지적/평기된 바 있다. 그러나 그 삶이 이슬이라는 사물로 수정화(水晶化)되고 있는 것은 새삼 주목될 만하다. 이슬 속에 그동안의 비밀이 있고, 젊은 날, 먼 길의 눈물까지 담겨 있다는 그 성격의 토로를 통해 지금까지의 시 작품들은 모두 이슬의 이미지로 압축된다.

산 자에게는 실체가 확연치 않은

이슬, 해가 떠오르면

몸을 숨겨 행선지를 알리지 않는,

내 눈보다 머리보다 정확한

── ⑪「이슬의 하루」 부분

시인은 그렇게 이슬과 동행한다. 여러 곳을 여행하는 것 같지만, 실은 행선지도 밝히지 않는 일종의 유랑이다. 이 역시 금방 생겼다가 금방 스러지는 이슬과 닮았다. 그러나 그 이슬의 출현과 소멸은 "눈보다 머리보다 정확"하다. 이슬과 시인과의 관계는 계속된다.

이슬의 육체, 그 숨결을 찾아

산 넘고 물 건너 헤매다 보니

어두운 남의 나라에 와서

나는 이렇게 허술하게 살고 있구나.

이슬의 존재를 믿기까지

탕진한 시간과 장소들이

내 주위를 서성이며 웃고 있구나.

　　　　　　　　　　—⑪「이슬의 하루」 부분

이슬은 여전히 진실이며, 시다. 그러므로 타국에 가서도 그 존재를 잊을 수 없고, 아무리 외관상의 평강을 누려도 그 삶은 허술하게 느껴진다. 그 존재에 대한 인식 없이 살아왔던 생활은 오히려 "탕진"된 것으로 생각되기도 한다. 이슬, 정말 그것이 무엇이기에 시인은 거기서 보람과 탄식을 동시에 바라보는 것인가.

이제는 알겠지, 그래도

이슬을 찾아 나선 내 사연,

구걸하며 살아온 사연.

이슬의 하루는

허덕이던 내 평생이다.

이슬이 보일 때부터 시작해

이슬이 보일 때까지 살았다.

— ⑪「이슬의 하루」부분

명백해졌다. 그가 찾고자 한 이슬은 시이면서 시인 자신이었던 것이다. 그의 그리움은 그러니까 그 자신을 향한 그리움. 낭만주의의 요체이기도 했던 자아와 비자아가 서로 잇길리는 상징화의 문제가 여기서 세기된다.[2] 그렇다면 시인은 자기 자신을 잃어버리고 있었던 것일까. "이슬의 하루는/허덕이던 내 평생"이라는 진술 앞에서 나는 작은 전율과 함께 눈시울이 먹먹해짐을 느낀다. 아, 마종기의 시 전부가 이슬로 표현된 그의 평생이었다니! 그러했기에 1980년에 찾은 사랑의 나라는 잘 "안 보일" 수밖에 없었고, "한 십 년/아무것도 안 하고 단지 시만 읽고 쓴다면/즐겁겠"(⑤「내가 만약 시인이 된다면」)다고 말했구나. 불투명한 현실 속에서 오직 시만을 갈구하는 시인의 갈증은 『안 보이는 사랑의 나라』 이후 30여 년에 걸쳐 그의 시 여기저기서 출몰한다.

조롱 속에 살던 새는 조롱 속에서 죽고
안개 속을 날던 새는 죽어서
갈 곳이 없어 안개가 된대요

---

2) 이 문제는 이 글의 2장에서 다루겠다.

138

바람의 씨를 뿌리던 우리들의 갈증은

어디로! 어디로!

　　　　　　　　　　　　— ⑤「중년의 안개」부분

　그러나 『그 나라 하늘 빛』 『이슬의 눈』 『새들의 꿈에서
는 나무 냄새가 난다』 『우리는 서로 부르고 있는 것일까』
등 2000년을 전후한 시에서는 동적인 갈구 대신 자신의
정체성을 찾으려는, 그리고 그 과정에서 떠오르는 공동
체적 숨결에 대한 의식이 강해진다. 한편 『그 나라 하늘
빛』에서는 이제 가끔 찾아온 조국에 심리적인 정착을 하
는 모습이 비교적 담백하게 그려진다. 시를 향한 갈망이
때론 꽃, 때론 추억의 자리를 만나면서 조용한 안정을 회
복하는 듯하다.

　작은 꽃, 큰 꽃, 고운 꽃,

　귀여운 꽃, 탐스러운 꽃, 가녀린 꽃 중에서

　색깔과 향기와 모양과 표정을 풀고

　서 있는 꽃, 앉아 있는 꽃.

　그 많은 前生의 기억 속에서도

　언제부터 이렇게 혼자 있는 꽃.

　　　　　　　　　　　　— ⑥「蘭」부분

　꽃의 발견은 어떤 상황 속에서도 의연히 아름다울 수

있는 모든 존재의 발견으로 이어지면서 시인의 침착한 정관(靜觀)을 보여준다. "볼수록 더 조용해지는 꽃/자기도, 나도, 그 사이도 조용해지는/세상의 모든 잊혀짐"이라는 시의 진행은 시, 그리고 거기에 얽혀 있던 자아의 곤비한 지난날이 이제 잠정적인 안식의 시간으로 들어갈 수 있는 가능성을 함축한다.

> 몇 달쯤 그 꽃잎에 누워
> 편안하고 긴 잠을 자고 싶은 꽃.
>
> ──⑥「蘭」부분

릴케의 "그 많은 눈꺼풀 아래에서 그 누구의 잠도 아닌"을 연상시키는 이 구절은 일시 귀국 형태의 새로운 시인의 생활 속에서 변화된 시 세계의 한 전환점을 나타내주는 것 같다. 꽃의 발견은 시인에게 어떤 터득과 더불어 시적 자아의 편안한 자리를 마련해준다. 같은 시집 안에서의 중요한 증언들이다.[3]

> 꽃이 피는 이유를
> 전에는 몰랐다.
> 꽃이 필 적마다 꽃나무 전체가

---

3) 꽃에 대해서는 이 글의 3장에서 자세히 살펴볼 것이다.

작게 떠는 것도 몰랐다.

사랑해본 적이 있는가,
누가 물어보면 어쩔까.

— ⑥「꽃의 이유」 부분

나이 들수록 편해지고 싶다.
그래서 일시 귀국을 하면
나는 바다처럼 편하다.

— ⑥「일시 귀국」 부분

참, 이쁘더군,
말끔한 故國의 고운 이마,
십일월에 떠난 강원도의 돌.

— ⑥「강원도의 돌」 부분

고국의 산하도 아름답게 다가오고, 젊어서 살던 집과 동네도 다시 정겹게만 느껴지는 상황에, 그러나 시인은 오래 안주하지만은 않는다.

2

　마종기의 갈증은 시인으로서의 자신의 동일성을 찾는
데에 있다. '자신의 동일성'이란 낭만주의 이론가 피히
테에 의하면 '자아das Ich'다.[4] 그는 "나는 나다Ich bin
Ich"라고 주정하면서 "나는 생각한다 따라서 나는 존재
한다"는 데카르트의 이론에 맞섰다. 피히테는 데카르트
식의 사고가 '나'와 '생각'을 격리시킴으로써 모든 외부의
사물들을 나와 무관한 허상으로 만들어놓고 있다고 보
았다. 그러나 내가 아닌 것, 즉 '비자아Nicht-Ich'는 나와
무관한 것이 아니라, 그것을 통해서 자아가 드러나는, 말
하자면 자아의 인식작용 대상이라는 것이다. 자아를 통
해서 비자아가 보이고, 비자아를 통해서 자아가 보인다
는 지론인데, 이 이론은 노발리스와 같은 낭만주의 작가
를 부각시키면서 문학에게 근대의 문을 열어주었다. 마
종기의 시인 찾기는 그러므로 단순히 잃어버린 시간 찾
기와 같은 시간의 소급, 혹은 기억의 회복과 같은 선조
적인 운동이라는 측면과는 사뭇 다르다. 무엇보다 그에
게는 그가 자리와 시간을 비워두었던 다른 공간의 무게

---

4) 피히테Johann Gottlieb Fichte(1762~1874)는 18세기 말 독일 예나를
중심으로 활동했던 철학자로서 "자아는 자기 자신을 의식하는 한 존재한
다"는 이론으로 낭만주의 발전에 큰 영향을 끼쳤다.

가 '비자아'로서의 훌륭한 기능을 하고 있기 때문이다. 그 '비자아'는 크게 세 가지로 이루어진다. 그것들은 첫째, 의사로서의 삶의 공간이며 둘째, 타국이라는 공간이고, 셋째, 시인으로서의 의식을 방해하는 소시민적 일상이다. 무엇보다 시인은, 의사로서의 자기 자신을 자주 낯설게 느낀다.

예과시절에는 개구리 잡아 목판에 사지를 못 박고 산 채로 배를 째고 내장을 주물럭거리고 이것이 콩팥, 이것이 염통 외워도 봤지만, 개구리 뱃속의 구조를 알아보아야 사실 그게 개구리와 무슨 상관인가. 개구리는 자꾸 일찍 죽고 싶었겠지.

[……]

개구리같이 산다.

[……]

개구리가 되어가는 수수께끼
개구리가 늙어가는 수수께끼.

——④「개구리」 부분

당신이 죽은 건 내 오진 때문만은 아니었지만 당신이 12동 병실에서 장례소로 퇴근할 때 나는 퇴근할 기운도 용기도 없었네. 용서하게.

사실 오진은 내가 의사가 된 것이었지. 고등학교 대수시
험 때 숱한 오산은 말해서 시금석이었지만, 당신의 죽음으
로는 차가운 비석이 설 뿐이네.

           — ④「증례 5」 부분

 한국의 시인이라고 기를 쓰는 내가
 외국에 오래 사는 것도 참 꼴불견인데
 의사랍시고 며칠 전 피검사를 하니까
 내 핏속에 기름이 둥둥 떠다닌다네.

          — ⑥「요즈음의 건강법」 부분

 나는 생전 처음 내가 의사인 것을 알게 되었네.
 죽어가는 환자들 사이를 헤치고 나와 울던 날들을
 연막같이 엄폐물같이 피부 밑에 숨기고 살았는데
 의사가 아니었다면 내게는 슬픈 표정도 없었을 텐데.

     — ⑨「화가 파울 클레의 마지막 몇 해」 부분

 의사는 원래 시인의 목표도 희망도 아니었다. 그러나
'시인'을 직업으로 할 수는 없었기에 내키지 않았으나 그
길에 들어섰고, 그 길에서 최선을 다하여 훌륭한 의사로
인정받게 되었다. 의사로서 문인의 길을 걸어간 국내외
의 선배들도 그에게는 위로가 되었고, 때로는 더 큰 자부
심이 되기도 했다. 한스 카로사나 고트프리트 벤이 그렇

듯이 의사로서의 삶이 시의 내용을 더욱 풍성하게 만들어주기를 바라는 마음도 있었고, 실제로 만년에 이른 시인 마종기의 시를 의미 있게 만들어준 것도 사실이다. 그러나 젊은 날의 시인에게 의사의 일과 자리는 좀처럼 자신의 것으로 여겨지지 않고 거북했다. 의사로서 필요했던 개구리 실험과 연관해서 자신을 자꾸 "개구리가 되어가는……"으로 되뇌는 마음속에는 의사와 자신을 동일화하지 못하는 시인으로서의 불편함이 들어 있다. 그러나 바로 이러한 비자아, 즉 의사-개구리라는 타자는 오히려 자아-시인을 일깨우고 보여줌으로써 시적 자아의 확립에 기여한다는 논리를 파생시킨다. 때로 일어날 수 있는 의사로서의 오진 문제에 대한 그의 민감한 반응 또한 의사를 타자로 의식하는, 씻기지 않는 잠재의식의 소산이다. 그러나 이 사건 역시 그것에 상처를 크게 받을 수밖에 없는 시인의식을 자극함으로써 자아를 강화시킨다. 다음으로는, 널리 알려진 대로 외국생활에 동화되지 못하는 시인의식, 곧 외지인의식이라는 비자아이다.

外國에 십 년도 넘게 살면서
향기도 방향도 없는 바람만 만나다 보면
헐값의 虛榮은 몇 개쯤 생길 수 있지.
— ④「몇 개의 허영」부분

뉴욕 맨해턴 동쪽변의 봄비가
나를 다시 주시하기 시작한다.
(억울해서 미국에 왔지만
이대로 늙는 것은 용기가 아니야
바보가 된 용기는 용기가 아니야.)

　　　　　　　—④「프라하의 생선국」부분

참 인연이네요.
前生에 나는 한 마리 서양개였는지
여기는 미국의 오하이오입니다.

참 인연이네요.
오대호 속에 사는 서양 이무기 한 마리,
오대호 물살에 밀려다니고
골프를 치고 정구를 치고
치고 받는 얼간 고등어가 되어갑니다.

참 인연이네요.
이렇게 아득한 줄은 몰랐어요.

　　　　　　　—⑤「일상의 외국 3」부분

가깝게 흑인 영가가 들린다, 미국이로군.
매미 소리 섞인 흑인 영가가 꺼져간다.

마할리아 잭슨밖에 모르기는 하지만
나 역시 캄캄한 고아처럼 느껴지는구나.
　　　　　　　　　　　― ⑥「밤 노래 5」 부분

　그의 시 거의 전편에 깔려 있는 외지인의식을 살펴보
기 위한 인용 시구들이다. 그는 미국행이 특별한 선택처
럼 여겨지던 1960년대에 일찍이 의사의 신분으로 건너갔
지만 그 생활을 "향기도 방향도 없는 바람"이라고 탄식
한다. 그것도 그때쯤 정착이 이루어진 것처럼 보이는 십
년이 지난 세월 이후의 고백이다. 물론 외관상으로는 그
럴듯해 보이는 미국생활―많은 사람들이 곧잘 뻐기기
일쑤인―의 모습으로 인해 그의 고백이 지닌 진실성에
대한 의구심을 의식한 발언도 있다. "헐값의 허영은 몇
개쯤 생길 수 있지"라는 단서가 그것이다. 이로써 시인은
그의 외지 부동화가 엄살이나 지적 허영이 아닌, 그의 내
면 깊숙이 자리 잡은 자아와의 불화에서 연유하고 있음
을 보여준다. 향기와 방향이 없는 바람은 시인에게 무의
미한 바람밖에 안 되기 때문이다. 이러한 무의미는 때로
일종의 적대감으로 느껴질 때도 없지 않은데 뉴욕의 봄
비가 시인을 "주시하기 시작한다"는 표현이 그것. 그러나
이내 그 시선을 맞받아치기라도 하듯, 그 모습으로 늙는
것은 용기가 아니라고 다짐한다. 마종기로서는 드물게
보이는 결연한 다짐인데, 이러한 다짐은 역으로 그의 비

자아가 자아에 끼치고 있는 영향의 심대함을 보여준다. 이 시기 그의 자아는 차라리 비자아로부터 빚어지고 있다고 말할 수 있을 정도로 강경하다. 자신의 주소지를 미국의 오하이오라고 짐짓 표명하면서 동시에 "前生에 나는 한 마리 서양개"였는지 모르겠다는 자학의 심사까지 노출한다. 오대호에 가까운 그곳에서 "얼간 고등어가 되어간다"는 말 속에는 바보, 서양개, 얼간 고등이로 느껴지는 시인의 자의식이 강렬하게 태동한다. 이 자의식은 자아이지만, 그것은 바보, 서양개, 얼간 고등어로 대상화된 비자아로 인해서 생겨난 것이다.

조국의 시인으로서의 자의식과 자아가 얼마나 강한지 마종기는 흑인 영가와 같은 노래—그것 역시 시가 아닌가—에서도 그의 시적 자아가 만족되지 않는다. 오히려 "나 역시 캄캄한 고아처럼 느껴질" 따름이다. 이러한 고아의식은 거의 반세기가 지난 오늘에 이르러서 서서히 회복의 기운을 보이는데, 그것이 비자아와 자아의 만남, 양자의 거리감의 소멸로 이어지는 문제일지 흥미롭다. 이번 시집에 실린 「국적 회복」이라는 작품은 그런 의미에서 관심을 끈다.

내가 미워했던 고국이여,
잘못했다. 긴 햇수가 지나도
계속 억울하고 서러웠다.

148

치욕의 주먹이 미칠 것 같은
머리와 목덜미를 치고
내 앞길에 대못을 박았다.
더 이상은 선택이 없었다.

[……]

그러나 나는 믿었다.
물고기는 물고기끼리
낙타는 낙타끼리
나비는 나비끼리
그리고 사람은 사람끼리
언젠가는 서로 화해한다.
그 따뜻한 속내만을 믿었다.
누구에게도 손 내밀지 않았다.

찢어져 헌 걸레 같은 몸을
내 고국이 아무 말 않고
끝내 보듬어주었다.
[……]

한곳에 오래 사는 비결은 무엇일까.
아무 말 않고 미소하는 것,

앞뒤를 따지지 않는 것인가.
외국에 나와 변명을 꼭 하자면
나는 그렇게 살고 싶지 않았다.

— ⑪「국적 회복」부분

　마종기답지 않을 정도로 직접적이며, 다소 격정적인 느낌마저 주는 시다. 이 시에서 그는 그의 타국 생활이 단순히 의사로서의 업그레이드된 커리어를 위한 부득이한 선택이었으리라는 일반의 추측을 한 번에 일축한다. 진짜 이유는 다른 데 있었다. 그것은 군의관이었던 그가 모종의 시국사건에 연루되어 감방에 수감되었던 1960년대 중반 한국의 정치적 상황과 밀접한 관련이 있다. 이 시 첫머리에 그 상황은 이렇게 진술된다.

그해에 나는 처음으로 젊었었다.
계절이 갑자기 끝나버린 그 여름,
군가도 더위에 녹아버리고 말았다.
동기 군의관들이 힘들게 면회 와서
감방에서 나보다 먼저 울었다.
내게 다시는 시원한 날이 안 올 듯
한여름에 겨울옷을 놓고 갔다.

— ⑪「국적 회복」부분

아마도 한일굴욕외교반대 서명에 현역 장교인 군의관의 신분으로 가담했다는 이유로 수감되었던 당시의 사건을 가리키는 것이리라. 시인은 이 사건을 무척 억울하게 생각했고, 그의 미국행도 이로 인한 분노와 관계있음이 확인된다. 사실 이때부터 그의 시적 자아는 비자아와 상당한 파열음을 내면서 더욱 분리되어갔고 초기의 이러한 상처는 오랜 기간 회복되지 않고 분리를 거듭한다. 그러나 이렇듯 큰 비자아의 무게는 그를 타국에서 시업과 무관한 의사로서의 일상 가운데에서도 도리어 시적 자아를 배양하고 강화시키는 디딤돌로서의 기능을 집요하게 담당한다. 그리하여 시집 『마흔두 개의 초록』은 그의 부드러운 서정적 사랑의 어조 저 너머에 있는 치열한 뿌리, 그 서러움의 바닥을 보여준다. 부드러움이라는 서정적 표면이 단단한 의지의 다른 모습이라는 낭만적 아이러니의 진리를 깨닫게 하는 장면이기도 하다.

그 밖에 나는 소시민적 일상을 그의 비자아적 요소로서 지적하였는데, 그것이 그의 자아를 저해하면서 시적 자의식을 역설적으로 일으켜 세우는 데 상당한 역할을 하는 것은 아니다. 그만큼 타국과 의업이라는 부분처럼 심각한 것은 아니라는 이야기다. 그러나 많은 시인들이 이 부분에 직간접적으로 무심하게 동화되고 있는 것에 비하면, 마 시인은 비교적 민감하다. 예컨대 한두 편의 작품을 읽어본다면 이렇다.

낚시질하다

찌를 보기도 졸리운 낮

문득 저 물 속에서 물고기는

왜 매일 사는 걸까.

물고기는 왜 사는가.

지렁이는 왜 사는가.

물고기는 평생을 헤엄만 치면서

왜 사는가.

— ④「낚시질」부분

필연성이 없는 소리의 연속은

음악이 아니지.

필연성이 없는 동작의 연속은

춤이 아니지.

필연성이 없는 하루하루 살이는

사람이 아니지.

그러니까 나는 사람이 아니지.

— ⑤「하느님 공부」부분

지식인이라고 하더라도 소시민의 일상은 비슷하다. 낚
시질 그리고 음악 감상과 춤 추기, 혹은 무용 관람은 흔한 취미생활이다. 문학은 이러한 일상과 취미에 따로 자성의 비판을 가하기도 하지만, 일기 수준 이상의 깊은 반성을 하는 경우는 드물다. 그러나 앞의 시들은 물고기의 당연한 생명현상에도 문득 의문을 품는가 하면, 음악이나 무용 같은 예술양식에도 아마추어 이상의 비판적 안목을 내비친다. 이러한 민감성은 필경 시인의 자아를 자극하면서, 그를 시인으로 몰고 가는 일에 기여한다.

3

마종기는 스스로 자신을 '이슬'에 곧잘 비유한다. 이미 말한 대로, 그는 「이슬의 눈」 「이슬의 하루」를 통해서 그것을 보여주었고, 이번 시집에 함께 실린 「이슬의 애인」 「이슬의 뿌리」 역시 그 좋은 예다. 그 모습이 어떻든 이슬은 모두 시인의 변형된 형상이다. 그 밖에 이슬보다 훨씬 잦은 빈도로 그의 시집 전체를 수놓고 있는 시인의 또 다른 모습은 '꽃'이다. '꽃'은 그냥 '꽃'으로, 또는 다른 이름의 꽃들로 여기저기 얼굴을 내민다. 한갓 일상의 한 사물로 스쳐지나가기 쉬울 수도 있으나 마종기에게 있어서 '이슬', 그리고 '꽃'은 앞에서 거론된 비자아의 세 요소를 시적 자아로 바꾸어주는 매개의 사물, 말하자면 자아를 표징하는 시적 대상이다. 시인이 추구하는 자아의 모습

이 이슬과 꽃을 통해서 상징적으로 형상화되고 있는 것
이다. '꽃'은 처음부터 시인이었다. 시집 ④에서 시집 ⑪
에 이르기까지 꽃은 편재해 있다.

　　나는 그러니까 창문이었겠지.
　　보랏빛 **꽃**이 안개같이 많이 보이고
　　비 속에서 그 **꽃**이 지고 있었다.
　　나는 문득 튼튼한 사내가 되고 싶었다.
　　　　　　　　　　　　　　──④「꽃의 이유 2」 부분

　　그래서 내 **꽃**은 긴 여행을 했다.
　　당신은 그 모든 **꽃** 위에 의미를 주신다.
　　피어나고 낙화하고 열매 맺는
　　당신의 향기.
　　　　　　　　　　　　　　　　──④「퇴원」 부분

　　그 많은 前生의 기억 속에서도
　　언제부터 이렇게 혼자 있는 **꽃**.
　　　　　　　　　　　　　　　　──⑥「蘭」 부분

　　꽃이 피는 이유를
　　전에는 몰랐다.
　　꽃이 필 적마다 **꽃**나무 전체가

작게 떠는 것도 몰랐다.

— ⑥「꽃의 이유」 부분

내가 그대를 죄 속에서 만나고
죄 속으로 이제 돌아가느니
아무리 말이 없어도 **꽃**은
깊은 고통 속에서 피어난다.

— ⑦「담쟁이꽃」 부분

가령 **꽃** 속에 들어가면
따뜻하다.
수술과 암술이
바람이나 손길을 핑계 삼아
은근히 몸을 기대며
살고 있는 곳.

— ⑧「축제의 꽃」 부분

이제 알겠다, 왜 저 **꽃**이 흐느끼고 있는지
바람 같은 형상으로 스쳐가는 것 보며
아쉬운 한기로 왜 고개 숙이는지.

— ⑨「잡담 길들이기 8」 부분

당신은 이제 시련을 이겨낸 **꽃**이 된 것인지요?

아니면 아직도 도망간 당신을 찾고 있는지요.

가슴이 아파옵니다. 혹시 당신이 **꽃**의 얼굴입니까.

— ⑨「네팔에서 온 편지」부분

이제야 사람이 **꽃**에 비유되는 이유를 알 것 같네요.

자신을 오랜만에 드러내는 돌과 돌 사이의 체온

단 열흘을 살면서 백 년의 침묵을 남기는 **꽃**,

— ⑩「네팔에서 온 편지」부분

이제부터 나는

짧게 살겠다.

밤사이 거센 비바람 속에

휘어지고 눕혀진 굴종.

난초와 **꽃**가지나 **풀꽃** 쑥부쟁이,

[……]

변방의 속살까지 부추기면서

수줍음 한 송이 진 자리에

흰 **꽃씨**를 몇 개씩 내가 심겠다.

— ⑩「꽃밭에서」부분

'이슬'이 타국에서의 외로움과 지상에서의 삶의 덧없음, 그리고 그것을 넘어서는 초월적 세계를 모두 아우르는 자의식의 표현이라면, '꽃'은 이러한 의식 가운데에서

도 지상에서의 개화를 누리는, 그렇기 때문에 시인 자신
이 그 속에서 시적 자아를 맛보는 결정의 상징이 된다.
마치 노발리스의 『하인리히 폰 오프더딩겐』 속의 파란꽃
처럼. 여기서 마종기는 파란꽃을 찾아나서는, 그리하여
온갖 편력 끝에 그 꽃을 만나는 하인리히가 된다. 시집
『마흔두 개의 초록』에는 그 꽃의 화사한 개화가 있다.

> 어느 해였지?
> 갑자기 여러 개의 봄이 한꺼번에 찾아와
> 정신 나간 나무들 어쩔 줄 몰라 기절하고
> 평생 숨겨온 비밀까지 모조리 털어내어
> **개나리, 진달래, 벚꽃, 목련과 라일락,**
> 서둘러 피어나는 소리에 동네가 들썩이고
> 지나가던 바람까지 돌아보며 웃던 날.
> 그런 계절에는 죽고 사는 소식조차
> 한 송이 지는 **꽃**같이 가볍고 어리석구나.
>
> ──⑪「봄날의 심장」 부분

마종기에게는 앞에서 살펴보았듯이, 꽃과 관련된 탁월
한 명편의 시들이 많다. 그 가운데에서도 이 작품은 역동
적인 달관(이 모순된 듯한 표현에 주목해주시길!)의 세계
가 꽃에 빗대어 눈물겹도록 아름답게 펼쳐진다. 대체 아
름다움이란 무엇인가. 삶과 죽음을 함께 껴안고 있는 꽃

을 "가볍고 어리석구나"하고 개탄하듯 읊조리는 시심은 삶의 기쁨과 슬픔, 그 오르내리는 계곡을 지나서 시를 만들어보지 않은 자는 넘볼 수 없는 아름다움이다. 시적 아이러니에 의해서 반증되는 진실의 어법이다. 온갖 꽃들이 피어나는 소리는 동네가 들썩일 정도로 화사한데, 그에 비하면 사람의 한평생쯤 한 송이 지는 꽃 같다는 것이닌가. 달리 말하면 꽃은 요란한 인생—가볍고 어리석은—을 넘어 얼마나 조용히 피고 지는 것인가. 시는 이렇게 이어진다.

> 그래도 오너라, 속상하게 지나간 날들아,
> 어리석고 투명한 저녁이 비에 젖는다.
> 이런 날에는 서로 따뜻하게 비벼대야 한다.
> 그래야 우리의 눈이 떠지고 피가 다시 돈다.
> 제발 **꽃**이 잠든 저녁처럼 침착하여라.
> ──⑪「봄날의 심장」부분

저녁이면 꽃은 조용히 잠들지만, 사람들은 어떤가. 시인의 꽃 예찬은 이번 시집에서 정점을 이루는데 그 마디마디가 모두 아름다우면서도 읽는 이를 숙연케 한다. 가령 이렇다.

열차가 어느 역에서 잠시 머무는 사이

바깥이 궁금한 양파가 흙을 헤치고 나와
갈색 머리를 반 이상 지상에 올려놓고
다디단 초록의 색깔을 취하도록 마시고 있다.
정신 나간 양파는 제가 **꽃**인 줄 아는 모양이지.
　　　　　　　　　　　── ⑪「마흔두 개의 초록」부분

꽃을 흔드는 미풍이 내 주름살까지 펴주네.
내 옆의 저 장미는 피는 이유를 알 만도 한데
길 건너 저 풀은 왜 흔들리는지
　　　　　　　　　　　── ⑪「저녁 올레길」부분

우리들 사이로 옛 시간이 지나가고
녹슨 경학원 자리에는 등나무 **꽃** 가게,
연보랏빛 **꽃송이**가 눈물겹게 여리다.
　　　　　　　　　　　── ⑪「경학원 자리 2」부분

그거야, 오늘 우리에게 필요한 것은,
지상에서는 **꽃**의 나머지가 피어나고
온기를 기다리는 저녁이나 밤중,
　　　　　　　　　　　── ⑪「손의 흔적」부분

어디 있니?
꽃이었던 모든 날들이

말없이 옷을 적신다.

── ⑪「산행 6」부분

밤이여, 내 정든 타인,

뼛속에 깊이 감추어둔 **꽃잎**,

이 나이에 이르도록 나를 살려준

고맙고 살가운 비밀이여.

── ⑪「은인을 위하여」부분

마종기의 시 세계가 기독교적 정신과 더불어 초월적 이미지를 조성하고 있다는 사실은 잘 알려진 바 있는데, 꽃과 이슬이 그 구체적 상징으로서 기능하고 있다는 점도 함께 주목할 필요가 있다. 말하자면 이슬이 지니고 있는 영롱하고 맑은 속성의 인용은, 그 짧은 생애와 더불어 초월성을 함축하고 있고, 그 배경에는 종교적 영생에의 믿음이 숨어 있는 것이다. 꽃의 경우에는 훨씬 더 화려하고 구체적이다. 이슬이 피상이라면, 꽃은 꽃씨에서부터 개화, 그리고 마침내 낙화에 이르기까지 긴 생명활동 과정의 입체성이 두드러진다. "지상에서는 꽃의 나머지"라는 표현에는 원래의 나머지는 창조주의 몫이라는 선험적 원리가 깔려 있다. 그 고난의 과정과 비밀에 대한 믿음이 있기에 시인은 꽃을 내세우는 것이다.

이른 아침의 작은 **꽃**은, 결국

잠들어 있던 이슬이었지만

그래도 **꽃향기**는 몰려와

눈부신 하루를 만들고

시간의 폐허에서 나를 구해주었다.

　　　　　　　　　— ⑪「이슬의 애인」 부분

　꽃의 신비한 생명작용에 대한 감사와 믿음이 시인으로 하여금 그 꽃을 시적 자아로 삼게 만든 것이다. 꽃은 이슬의 애인이지만, 동시에 신의 자식이기도 하다. 그러니까 타국과 의사라는 비자아로 말미암은 방황의 시간(시인은 그것을 '시간의 폐허'라고 부른다)에서 그를 구해준 것은 꽃과 이슬이었으며, 꽃을 꽃 되게 이슬을 이슬 되게 한 것은 신이었다. 시인 마종기는 이러한 과정을 통해서 탄생하였고, 이러한 초월적 상상력은 우리 시인으로서는 매우 드문, 빼어난 예에 속한다. 그러나 그 바탕에는 고통이 있었고 이 상상력을 태동시키는 이웃 사랑과 시인 – 시를 향한 갈망이 있었다. 속내를 다 내놓고 대취했던 연신내에서 비로소 시인이 되었다는 고백("연신내에 와서야 드디어 시인이 되었다"— ⑩「연신내 유혹」)은 그의 꽃과 이슬이, 그리고 그의 하느님이 모두 치열했던 삶의 현장에서 올라온 연꽃과 같은 수정체임을 보여준다. 그가 고투일 수밖에 없는 그 현장을 인내와 억제로 견디어옴으로써 오늘의 시를 얻게 된 상황은 이번 시집의 다음 두 편에서 놀랍게 나타난다.

내가 무리를 떠나온 것은 비열해서가 아니었다고 말할 수 있다. 그래, 아직도 말할 수 있다. 노을이 키웨스트 해변에 피를 흘리고 흘려 모든 바다가 다시 무서워질 때까지, 그리고 그 바다의 자식들이 몰려나와 신나는 한 판 숨을 즐길 때까지. [……] 갈 곳은 없지만 눈을 크게 뜨고 아직은 갈기 사나운 수사자를 꿈꾸며, 가슴을 펴고 바다같이 넓은 시를 꿈꾸며,

— ⑪「헤밍웨이를 꿈꾸며」 부분

내 손을 보라, 허영이 치유되는 침묵의 소리. 손해 보고 상처 받았다고 괴로워하던 남루한 내 생을 안아주면서 당당하게 가벼워지라고 희망은 오늘도 내게 말해준다.

— ⑪「희망에 대하여」 부분

지금까지의 마종기 시 어디에서도 찾아볼 수 없었던 남성적 근육질의 어휘들로 꽉 차 있는 놀라운 패기! 어디서 돌연 솟아났는가. 아니다. 그것은 "감추어둔 회심의 미소"다. 헤밍웨이가 가곤 했던 키웨스트에서 시인의 마음이 격발되었을 뿐인데, 그 격발에는 바로 이슬 - 꽃 - 하느님으로 이어지는 시적 자아의 자신감이 깔려 있다.

그 자신감으로 그는 국적을 회복했고, 희망을 말하게 되었다. 그가 말한 희망은 이제 그 자신의 것 이상으로 우리 시의 희망이 된다. 마종기는 타국의 삶을 통해서 우리 시의 시야를 세계로 넓혀주었고, 의사의 삶을 통해서 우리 시의 대상과 시적 안목을 다양하게 해주었으며, 무엇보다 신에 대한 믿음을 통해서 삶과 죽음, 지상과 천상을 아우르는 생명의 부피와 유연성을 확장시켰다. 그의 시는 이제 우리 시의 큰 희망이 되었다. 노년에 이른 마종기의 시는 우리 시의 희망을 심는 싹으로서의 청년시다. 1960년 『조용한 개선』으로 첫 시집을 냈던 그는 지금 호쾌하게, 그리고 다소 비장하게 다시 개선하고 있다. ▨